《老子》講成語

目錄

經典搶先讀一讀 PART A
《道德經》之《道經》

《老子》成語學一學 PART A

第一單元 16
有無相生 18
功成不居 19
無為而治 20
和光同塵 21
小練習，做一做！ 22

第二單元 23
多言數窮 25
用之不竭 26
天長地久 27
先人後己 28
小練習，做一做！ 29

第三單元 30
上善若水 32
物極必反 33
金玉滿堂 34
目迷五色 35
小練習，做一做！ 36

第四單元 37
寵辱若驚 39
視而不見，
聽而不聞 40
不可名狀 41
渙然冰釋 42
小練習，做一做！ 43

第五單元 44
虛懷若谷 46
芸芸眾生 47
取信於民 48
六親不和 49
小練習，做一做！ 50

第六單元 51

絕聖棄智 53
絕仁棄義 54
見素抱樸，
少私寡慾 55
小練習，做一做！ 56

第七單元 57

獨異於人 59
委曲求全 60
暴風驟雨 61
企者不立 62
小練習，做一做！ 63

第八單元 64

餘食贅行 66
知雄守雌 67
知白守黑 68
知榮守辱 69
小練習，做一做！ 70

第九單元 71

天道好還 73
佳兵不祥 74
適可而止 75
自知之明 76
小練習，做一做！ 77

第十單元 78

富在知足 80
雖死猶生 81
欲取姑予 82
小練習，做一做！ 83

經典搶先讀一讀 PART B

《道德經》之《德經》

《老子》成語學一學 PART B

第十一單元　104

無中生有　106
若存若亡　107
大器晚成　108
大音希聲　109
小練習，做一做！　110

第十二單元　111

欲益反損　113
不言之教　114
多藏厚亡　115
知足不辱，知止不殆　116
小練習，做一做！　117

第十三單元　118

大直若屈，大巧若拙，大辯若訥　120
知足常樂　121
秀才不出門，全知天下事　122
損之又損　123
小練習，做一做！　124

第十四單元　125

出生入死　127
為而不恃　128
赤子之心　129
出奇制勝　130
小練習，做一做！　131

第十五單元　132

禍福相倚　134
根深蒂固，長生久視　135
若烹小鮮　136
小練習，做一做！　137

目 錄

第十六單元 138

各得其所 140
美行加人 141
以德報怨 142
天下大事，
必作於細 143
小練習，做一做！ 144

第十七單元 145

輕諾寡信 147
千里之行，
始於足下 148
慎終如始 149
儉故能廣 150
小練習，做一做！ 151

第十八單元 152

進寸退尺 154
哀兵必勝 155
被褐懷玉 156
天網恢恢，
疏而不漏 157
小練習，做一做！ 158

第十九單元 159

民不畏死 161
損有餘補不足 162
以柔克剛 163
天道無親 164
小練習，做一做！ 165

第二十單元 166

小國寡民 168
安居樂業 169
老死不相往來 170
美言不信 171
小練習，做一做！ 172

練習答案 173

PART A
PART B

經典

搶先讀一讀

PART A

《道德經》之《道經》

《道德經》之《道經》

1 道可道，非常道；名可名，非常名。無，名天地之始；有，名萬物之母。故常無，欲以觀其妙；常有，欲以觀其徼。此兩者，同出而異名，同謂之玄。玄之又玄，眾妙之門。

2 天下皆知美之為美，斯惡已；皆知善之為善，斯不善已。有無相生，難易相成，長短相形，高下相盈，音聲相和，前後相隨。是以聖人處無為之事，行不言之教；萬物作而不為始，生而不有，為而不恃，功成而弗居。夫唯弗居，是以不去。

3 不尚賢，使民不爭；不貴難得之貨，使民不為盜；不見可欲，使民心不亂。是以聖人之治，虛其心，實其腹，弱其志，強其骨。常使民無知無慾。使夫智者不敢為也。為無為，則無不治。

4 道沖，而用之或不盈。淵兮，似萬物之宗。挫其銳，解其紛，和其光，同其塵。湛兮，似或存。吾不知誰之子，象帝之先。

5 天地不仁，以萬物為芻狗；聖人不仁，以百姓為芻狗。天地之間，其猶橐籥乎！虛而不屈，動而愈出。多言數窮，不如守中。

6 谷神不死，是謂玄牝。玄牝之門，是謂天地根。綿綿若存，用之不勤。

7 天長地久。天地所以能長且久者，以其不自生，故能長生。是以聖人後其身而身先，外其身而身存。非以其無私邪？故能成其私。

8 上善若水。水善利萬物而不爭，處眾人之所惡，故幾於道。居善地，心善淵，與善仁，言善信，政善治，事善能，動善時。夫唯不爭，故無尤。

9 持而盈之，不如其已。揣而銳之，不可長保。金玉滿堂，莫之能守；富貴而驕，自遺其咎。功遂身退，天之道也。

10 載營魄抱一，能無離乎？專氣致柔，能如嬰兒乎？滌除玄覽，能無疵乎？愛民治國，能無為乎？天門開闔，能為雌乎？明白四達，能無知乎？生之畜之。生而不有，為而不恃，長而不宰，是謂玄德。

11 三十輻，共一轂，當其無，有車之用。埏埴以為器，當其無，有器之用。鑿戶牖以為室，當其無，有室之用。故有之以為利，無之以為用。

12 五色令人目盲；五音令人耳聾；五味令人口爽；馳騁畋獵，令人心發狂；難得之貨，令人行妨。是以聖人為腹不為目，故去彼取此。

13 寵辱若驚，貴大患若身。何謂寵辱若驚？寵為下，得之若驚，失之若驚，是謂寵辱若驚。何謂貴大患若身？吾所以有大患者，為吾有身，及吾無身，吾有何患？故貴以身為天下，若可寄天下；愛以身為天下，若可託天下。

14 視之不見，名曰「夷」；聽之不聞，名曰「希」；搏之不得，名曰「微」。此三者不可致詰，故混而為一。其上不皦，其下不昧，繩繩不可名，復歸於無物。是謂無狀之狀，無物之象，是謂惚恍。迎之不見其首；隨之不見其後。執古之道，以御今之有。能知古始，是謂道紀。

15 古之善為士者，微妙玄通，深不可識。夫唯不可識，故強為之容：豫兮若冬涉川；猶兮若畏四鄰；儼兮其若客；渙兮其若冰釋；敦兮其若樸；曠兮其若谷；混兮其若濁；孰能濁以靜之徐清，孰能安以動之徐生？保此道者，不欲盈。夫唯不盈，故能蔽而新成。

16 致虛極，守靜篤。萬物並作，吾以觀復。夫物芸芸，各復歸其根。歸根曰靜，靜曰復命。復命曰常，知常曰明。不知常，妄作凶。知常容，容乃公，公乃全，全乃天，天乃道，道乃久，沒身不殆。

17 太上，下知有之；其次，親而譽之；其次，畏之；其次，侮之。信不足焉，有不信焉。悠兮其貴言。功成事遂，百姓皆謂：「我自然」。

18 大道廢，有仁義；智慧出，有大偽；六親不和，有孝慈；國家昏亂，有忠臣。

19 絕聖棄智，民利百倍；絕仁棄義，民復孝慈；絕巧棄利，盜賊無有。此三者以為文不足。故令有所屬：見素抱樸，少私寡慾。

20 絕學無憂。唯之與阿，相去幾何？美之與惡，相去若何？人之所畏，不可不畏。荒兮，其未央哉！眾人熙熙，如享太牢，如春登台。我獨泊兮，其未兆，如嬰兒之未孩；儽儽兮，若無所歸。眾人皆有餘，而我獨若遺。我愚人之心也哉！沌沌兮！俗人昭昭，我獨昏昏。俗人察察，我獨悶悶。澹兮其若海，飂（liù）兮若無止。眾人皆有以，而我獨頑且鄙。我獨異於人，而貴食母。

21 孔德之容，惟道是從。道之為物，惟恍惟惚。惚兮恍兮，其中有象；恍兮惚兮，其中有物。窈兮冥兮，其中有精；其精甚真，其中有信。自今及古，其名不去，以閱眾甫。吾何以知眾甫之狀哉！以此。

22 曲則全，枉則直，窪則盈，敝則新，少則得，多則惑。是以聖人執一為天下式。不自見，故明；不自是，故彰；不自伐，故有功；不自矜，故能長。夫唯不爭，故天下莫能與之爭。古之所謂曲則全者，豈虛言哉！誠全而歸之。

23 希言自然。故飄風不終朝，驟雨不終日。孰為此者？天地。天地尚不能久，而況於人乎？故從事於道者，同於道；德者，同於德；失者，同於失。同於德者，道亦德之；同於失者，道亦失之。信不足焉，有不信焉。

24 企者不立；跨者不行；自見者不明；自是者不彰；自伐者無功；自矜者不長。其在道也，曰：餘食贅行，物或惡之，故有道者不處。

25 有物混成，先天地生。寂兮寥兮，獨立不改，周行而不殆，可以為天下母。吾不知其名，強字之曰道，強為之名曰大。大曰逝，逝曰遠，遠曰反。故道大，天大，地大，人亦大。域中有四大，而人居其一焉。人法地，地法天，天法道，道法自然。

26 重為輕根，靜為躁君。是以君子終日行不離輜重。雖有榮觀，燕處超然。奈何萬乘之主，而以身輕天下。輕則失根，躁則失君。

27 善行無轍跡；善言無瑕讁；善數不用籌策；善閉無關楗而不可開；善結無繩約而不可解。是以聖人常善救人，故無棄人；常善救物，故無棄物。是謂襲明。故善人者，不善人之師；不善人者，善人之資。不貴其師，不愛其資，雖智大迷，是謂要妙。

28 知其雄，守其雌，為天下谿。為天下谿，常德不離，復歸於嬰兒。知其白，守其黑，為天下式。為天下式，常德不忒，復歸於無極。知其榮，守其辱，為天下谷。為天下谷，常德乃足，復歸於樸。樸散則為器，聖人用之，則為官長，故大制不割。

29 將欲取天下而為之，吾見其不得已。天下神器，不可為也，不可執也。為者敗之，執者失之。故物或行或隨；或噓或吹；或強或羸；或培或墮。是以聖人去甚，去奢，去泰。

30 以道佐人主者，不以兵強天下。其事好還。師之所處，荊棘生焉。大軍之後，必有凶年。善有果而已，不敢以取強。果而勿矜，果而勿伐，果而勿驕，果而不得已，果而勿強。物壯則老，是謂不道，不道早已。

31 夫兵者，不祥之器，物或惡之，故有道者不處。君子居則貴左，用兵則貴右。兵者不祥之器，非君子之器，不得已而用之，恬淡為上。勝而不美，而美之者，是樂殺人。夫樂殺人者，則不可得志於天下矣。吉事尚左，凶事尚右。偏將軍居左，上將軍居右。言以喪禮處之。殺人之眾，以悲哀泣之，戰勝以喪禮處之。

32 道常無名，樸。雖小，天下莫能臣。侯王若能守之，萬物將自賓。天地相合，以降甘露，民莫之令而自均。始制有名，名亦既有，夫亦將知止，知止可以不殆。譬道之在天下，猶川谷之於江海。

33 知人者智，自知者明。勝人者有力，自勝者強。知足者富。強行者有志。不失其所者久。死而不亡者壽。

34 大道氾兮，其可左右。萬物恃之以生而不辭，功成而不有。衣養萬物而不為主，可名於小；萬物歸焉而不為主，可名為大。以其終不自為大，故能成其大。

35 執大象，天下往。往而不害，安平太。樂與餌，過客止。道之出口，淡乎其無味，視之不足見，聽之不足聞，用之不足既。

36 將欲歙之，必固張之；將欲弱之，必固強之；將欲廢之，必固興之；將欲取之，必固與之，是謂微明。柔弱勝剛強。魚不可脫於淵，國之利器不可以示人。

37 道常無為而無不為。侯王若能守之，萬物將自化。化而欲作，吾將鎮之以無名之樸。無名之樸，夫亦將不欲。不欲以靜，天下將自正。

《老子》

成語學一學

PART A

《道德經》（亦名《老子》）的前半部分《道經》，有近兩千七百字，它不但篇幅較長，而且對同學們來說，要理解真的有點難！接下來我會選擇《道經》中的一些成語講解給大家聽，各位同學先來讀一讀《老子》中的成語，學習成語知識，等到學得更深，懂得更多，再回頭來看看原文，一定有更大收穫！

第一單元

經典小知識

《道德經》，又名《道德真經》或《老子》，全書闡述了老子的宇宙觀、人生觀以及社會政治觀。共八十一章，五千餘言，分為卷上（前三十七章）、卷下（後四十四章），此兩卷分別被稱為《道經》和《德經》。

yǒu wú xiāng shēng

有無相生

原文重現

有無相[1]生，難易相成，長短相形[2]，高下相盈[3]，音聲相和，前後相隨。

《道德經》第二章

1. 相／互相。
2. 形／此指比較、對照中顯現出來的意思。
3. 盈／充實、補充、依存。

成語釋義

有和無互相轉化，難和易互相形成，長和短互相顯現，高和下互相充實，音與聲互相諧和，前和後互相接隨。

道老師答疑

這句話解釋了世間萬物存在，都具有相互對立、相互依存、相互聯繫、相互作用的關係。其實，現實生活中還有很多既對立又統一的關係，比如善與惡、美與醜。

gōng chéng bù jū

功成不居

原文重現

生而不有，為而不恃[1]，
功成而弗[2]居[3]。

《道德經》第二章

1. 恃／shì，依賴、倚仗。
2. 弗／不。
3. 居／擔當、擔任。

成語

釋義

生養萬物而不據為己有；作育萬物而不自恃己能；成就功業而不自我誇耀。「功成不居」指的是立了功不把功勞歸於自己。

道老師答疑

老子這段話告訴我們，在現實生活中，我們要主動貢獻自己的力量，成就偉大的事業，但與此同時，我們不應擅自將取得的成果據為己有，不能居功自傲。由「功成不居」還可以聯想到到一些成語：形容功勞大的有「功德無量」「豐功偉績」「功成名就」「功高蓋世」等，形容對待功勞不同態度的有「功成身退」「居功自傲」「坐享其功」「將功補過」等。

wú wéi ér zhì
無為而治

原文重現

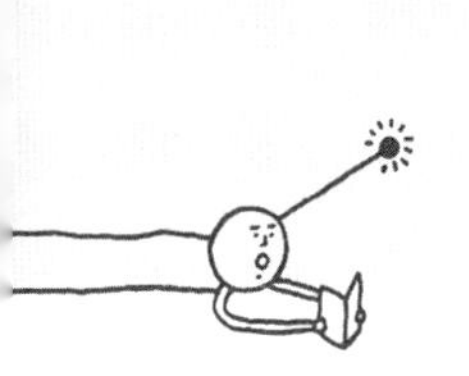

為[1]無為[2]，則無不治。

《道德經》第三章

1. 為/wéi，做。
2. 為無為/以無為的方式去做，
   即以順其自然的態度去處理事物。

成語釋義

以無為的態度去處理世務，就沒有甚麼治理不了的。

道老師答疑

「無為而治」本為道家的政治主張，指順應自然，不求有所作為而使天下得到治理。儒家則用來指以德化人，無事於政刑。有時也用來指沿襲前代的制度，不輕易改變。我們對待學習的態度也應如此。那種為了提高學習成績，加班加點、透支體力的做法就是妄為，是不可取的。順應人體和天時的變化來養生，就是無為，而為了長壽亂吃藥，這就是妄為；如果一個人在工作中品行端正，竭盡己能，做好自己的分內事，而不過分強求，這就是無為，但為了利益不擇手段，那就是妄為了。

hé guāng tóng chén
和光同塵

原文重現

挫[1]其銳，解其紛[2]，和[3]其光，同其塵。

《道德經》第四章

1. 挫 / cuò，挫磨、消磨。
2. 紛 / 糾紛、爭端。
3. 和 / 隱蔽、蘊藏。

成語釋義

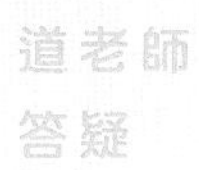

指隱藏了自身的鋒芒，把自己混同於世俗之人。後用來比喻不露鋒芒，與世俗混同的處世態度。

道老師答疑

孔子曾受過老子的指點，他時刻牢記老子的告誡，那就是挫磨銳氣（「挫其銳」），消解紛爭（「解其紛」），隱蔽鋒芒（「和其光」），混同於塵俗（「同其塵」）。這樣做，就會心境平和、充滿快樂，也能在吸取他人長處時令自己不斷成長。

小練習，做一做！

學習了本單元的幾個成語，你知道它們的意思嗎？瞭解它們的用法嗎？
下面有一些小練習，來試試看吧！

A. 請根據前面學到的成語意思，把正確的成語答案填寫在空格內。

1. 順應自然，不求有所作為而使天下得到治理。
（　　　　　）
2. 形容立了功而不把功勞歸於自己。（　　　　　）
3. 有和無既相互對立，又相互依存、相互轉化。
（　　　　　）
4. 隱藏了自身的鋒芒，把自己混同於世俗之人。
（　　　　　）

B. 選擇適合題目語境的正確成語，填在橫線上。

1. 古代有個人叫嚴光，他和劉秀一起創業，當劉秀成為皇帝時，他卻隱姓埋名，不知去向，後人稱讚他（　　　　　）。
2. 漢高祖劉邦建立漢朝後，採取順應自然、（　　　　　）的治國方略，為漢朝後來的興盛和強大奠定了堅實的基礎。
3. 有一個皮匠，他雖然不像鄰居銀行家那樣擁有很多財富，但他有屬於自己的快樂歌聲，後來他得到了一百枚金幣，卻整天提心吊膽，失去了往日平靜美滿的生活，這裏的有和無的變化就叫作（　　　　　）。

C. 以下的成語，皆有一處或者幾處錯別字，請在空格內改正。

1. 有無相升　（　　　　　）
2. 功臣不倨　（　　　　　）
3. 無為而知　（　　　　　）
4. 和光同曽　（　　　　　）

第二單元

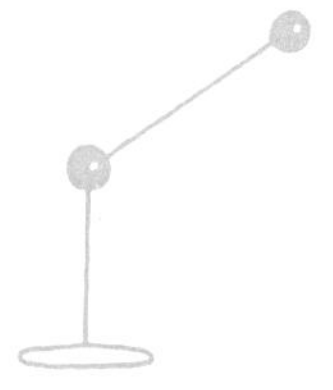

經典小知識

函谷關是老子著述《道德經》之處，是道家文化的發祥地，也是我國歷史上最早的要塞之一。它緊靠黃河岸邊，因關在谷中，深險如函而得名。這裏是古代西去長安、東達洛陽的咽喉，是中原文化和秦晉文化的交匯地，是千百年來兵家必爭的戰場與戰略要地。

duō yán sù qióng
多言數窮

原文重現

多言數[1]窮[2]，不如守中[3]。

《道德經》第五章

1. 數／通「速」，加速。
2. 窮／困窮、窮途末路。
3. 守中／持守虛靜。

成語釋義

指政策法令繁多駁雜，只會加速敗亡。後比喻話多有失，辭不達意，還是適可而止為妙。多言往往會使自己陷入困境。

道老師答疑

老子強調的是「無為」理念，他認為統治者應該遵循無為而治的治國方略，政策法令繁多駁雜，只會使國家加速敗亡（「多言數窮」），不如持守虛靜（「不如守中」）。其實，這是老子針對擾民之政提出的警告。隨着時代發展，「多言數窮」這個成語有了更加豐富的內涵，它還告誡我們言多必失，不得逞一時口舌之快。有時候，人說的話越多，越容易讓自己陷入困境。所謂沉默是金，看似寡言少語，實際上它是一種積蓄和醞釀的過程。能言善辯固然重要，但有時候沉默寡言更顯得可貴。

yòng zhī bù jié
用之不竭

原文重現

玄牝[1]之門，是謂天地根。
綿綿[2]若存[3]，用之不勤[4]。

《道德經》第六章

1. 玄牝 / 玄，原義是深黑色，在《老子》書中是經常出現的重要概念。有深遠、神秘、微妙難測的意思。牝（pìn）本義是雌性的動物，這裏用來形容具有無限造物能力的道，說明指道孕育和生養出天地萬物的神奇能力。
2. 綿綿 / 連綿不絕的樣子。
3. 若存 / 實際存在卻無法看到的意思。
4. 不勤 / 沒有窮盡、沒有窮竭。

成語釋義

這個成語本指無限取用而不會使用完，形容非常豐富。

道老師答疑

老子所說的用之不竭的東西，是生養天地萬物的「道」。這幽深莫測的母性之門（「玄牝之門」），是天地的根源（「是謂天地根」）。它連綿不絕地永存着（「綿綿若存」），作用無窮無盡（「用之不勤」）。

你認為世界上，還有甚麼東西是「用之不竭」的呢？

tiān cháng dì jiǔ

天長地久

原文重現

天長地久。天地所以能長且久者，以其不自生[1]，故能長生。

《道德經》第七章

1. 以其不自生：因為它不為自己生存。以，因為。

成語釋義

本指天地存在的時間久遠。後多用來形容時間悠久，多指感情永遠不變。也作「地久天長」。

道老師答疑

天長地久這個成語在今天多用來形容感情永遠不變。可是在《道德經》中，老子感歎的是天地運作不為自己的謙退精神。天地之所以能夠長久（「天地所以能長且久者」），是因為它們的一切運作都不為自己（「以其不自生」），所以能夠長久（「故能長生」）。一個人如果能夠捨己忘私，那麼他的精神便能與天地共存。

xiān rén hòu jǐ

先人後己

原文重現

是以聖人後其身[1]而身先[2]，外其身[3]而身存。非以其無私邪[4]？故能成其私[5]。

《道德經》第七章

成語釋義

1. 身／自身，自己。句子中四個「身」字同義。
2. 先／居先，佔據了前位。
3. 外其身／外，是方位名詞作動詞用，使動用法，這裏是置之度外的意思。
4. 邪／yé，同「耶」，助詞，表示疑問的語氣。
5. 私／個人的目的、理想等。

這個成語指遇事先為別人着想，然後考慮自己，即優先考慮他人利益。

道老師答疑

東漢末年文學家，「建安七子」之一的孔融，四歲的時候就知道把大梨子讓給兄長，而把最小的梨子留給自己。他長大以後，一家人因為收容張儉蒙受牽連之危，卻爭相認罪，將生的希望留給他人，這說明他們都是先人後己的人。老子告訴我們，有德之人把自己退在後面，反而能贏得愛戴，凡事以他人利益為先是一種了不起的謙退精神，先人後己的人正是因為處處為他人着想，反而能夠成就自己。

小練習，做一做！

學習了本單元的幾個成語，你知道它們的意思嗎？瞭解它們的用法嗎？
下面有一些小練習，來試試看吧！

A. 請根據前面學到的成語意思，把正確的成語答案填寫在空格內。

1. 政策法令繁多駁雜，只會加速敗亡，後比喻言多有失，多言往往會使自己陷入困境。(　　　　　　)
2. 無限取用而不會使用完，形容非常豐富。(　　　　　　)
3. 天地存在的時間久遠，後多用來形容時間悠久，多指感情永遠不變。(　　　　　　)
4. 遇事先為別人着想，然後考慮自己，即優先考慮他人利益。(　　　　　　)

B. 選擇適合題目語境的正確成語，填在空格內。

1. 人們都希望彼此的親情、愛情、友情能（　　　　　　）。
2. 書的海洋裏有取之不盡、(　　　　　　）的知識。
3. 朱元璋的老朋友因為口無遮攔、說話不知分寸，差點惹禍上身。因此，我們要牢記老子的忠告：「（　　　　　　），不如守中。」

C. 以下的成語，皆有一處或者幾處錯別字，請在空格內改正。

1. 多言數（shǔ）窮　（　　　　　　）
2. 先人後已　（　　　　　　）

第三單元

經典小知識

老子，道家學派創始人，姓李名耳字聃（dān），楚國苦縣（今河南鹿邑）人，曾任周守藏室之史，深諳周朝圖書典籍，學問博大精深，是我國古代偉大的哲學家和思想家，被唐朝帝王追認為李姓始祖。老子是世界百位歷史名人之一，他的著作和思想早已成為世界歷史文化的寶貴財富。

shàng shàn ruò shuǐ
上善若水

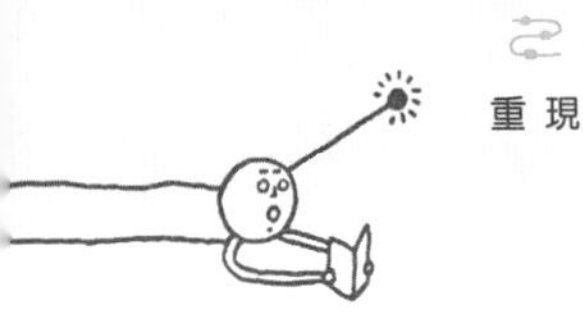

原文重現

上[1]善若水。水善利萬物而不爭，
處眾人之所惡，故幾[2]於道。

《道德經》第八章

1. 上 / 最的意思。上善即最善。
2. 幾 /jī，接近。

成語釋義

具備最高境界的善行之人好像水一樣。水善於滋潤萬物而不和萬物相爭，它停留在大家所厭惡而不願去的地方，所以最接近於道。

道老師答疑

水避高趨（qū）下是一種謙遜（xùn），海納百川是一種包容，滴水穿石是一種毅力，洗滌（dí）污垢是一種奉獻。水看起來普普通通，原來有這麼多值得學習的優秀品質啊！今後我們要以水為榜樣，做一個謙虛、包容、頑強、無私的人。

wù jí bì fǎn
物極必反

持[1] 而盈[2] 之，不如其已[3] 。
揣[4] 而銳之，不可長保。

《道德經》第九章

原文

重現

1. 持 / 拿、端。
2. 盈 / 滿。
3. 已 / 止。
4. 揣 /zhuī，捶打。

成語

釋義

（手中）端的容器已經盛滿了水，不如適時停止。捶打器械使之鋒利尖銳，（銳勢）不可能保持長久。

該成語指事物發展到極點，必定會向相反方向轉化。

道老師答疑

老子是用盛水的容器和金屬器具做比喻，告訴我們物極必反的道理。

jīn yù mǎn táng
金玉滿堂

原文重現

金玉滿堂，莫之能守；
富貴而驕，自遺[1] 其咎[2]。
功遂身退，天之道也。

《道德經》第九章

1. 遺 /yí，招致。
2. 其咎 /jiù，災禍、禍患。

成語釋義

財富太多，無法守藏；富貴而驕橫，自取禍患。功成業就，斂藏鋒芒，才合乎自然規律。

「金玉滿堂」形容財富很多，可引申為才學出眾。

道老師答疑

從古到今，一些人在功成名就之後，要麼選擇急流勇退，要麼選擇為社會多做善事。美國洛克菲勒家族經歷了一個多世紀的創業發展，積累的財富數不勝數，但是他們沒有整天躲在房間裏計劃如何守住自己的財富，而是積極地參與文化、衞生與慈善事業，將大量的資金用來建立各種基金，投資大學、醫院，讓整個社會分享他們的財富。財富取之於民，所以要用之於民，這也印證了古人所說的「斂財失眾，散財聚眾」的道理。一個人的財富觀決定了他的「斂財」或「散財」取向，也在很大程度上決定了他事業的生命力。

mù mí wǔ sè

目迷五色

五色[1]令人目盲[2]；五音[3]令人耳聾[4]；五味[5]令人口爽[6]；馳騁[7]畋獵[8]，令人心發狂[9]；難得之貨，令人行妨[10]。

《道德經》第十二章

原文重現

1. 五色 / 青、黃、赤、白、黑。此指色彩多樣。
2. 目盲 / 眼花繚亂。
3. 五音 / 宮、商、角、徵、羽。這裏指多種多樣的音樂聲。
4. 耳聾 / 聽覺不靈敏，分不清五音。
5. 五味 / 酸、苦、甘、辛、鹹，這裏指多種多樣的美味。
6. 口爽 / 意思是味覺失靈，生了口病。古代以爽為口病的專用名詞。
7. 馳騁 / 縱橫奔走，比喻縱情放蕩。
8. 畋獵 / 打獵獲取動物。畋，tián，打獵的意思。
9. 心發狂 / 心旌放蕩而不可制止。
10. 行妨 / 傷害操行。妨，妨害、傷害。

成語

釋義

「目迷五色」指繽紛色彩令人眼花繚亂。

道老師答疑

老子生活的時代，正處於新舊制度相交替、社會動盪不安之際，繽紛的色彩使人眼花繚亂；紛雜的音調使人聽覺不靈敏；豐盛美味的食物使人味覺遲鈍；縱情狩獵使人心靈放蕩；珍稀的財貨使人操行變壞。奴隸主貴族生活日趨腐朽糜爛。老子目睹了上層社會的生活狀況，因而他希望人們能夠豐衣足食，建立內在寧靜恬淡的生活方式，而不是追求外部享受，滿足感官慾望的生活。老子提醒人們要摒棄外界物慾的誘惑，保持內心的安足清靜，確保固有的天性。

小練習，做一做！

學習了本單元的幾個成語，你知道它們的意思嗎？瞭解它們的用法嗎？
下面有一些小練習，來試試看吧！

A. 請根據前面學到的成語意思，把正確的成語答案填寫在空格內。

1. 具備最高境界的善行之人，就像水一樣澤被萬物而不爭名利。（　　　　　）
2. 形容財富非常多。（　　　　　）
3. 事物發展到極點，必定會向相反方向轉化。（　　　　　）
4. 色彩紛呈，使人眼花繚亂，看不清楚。後用來比喻事物錯綜複雜，分辨不清。（　　　　　）

B. 選擇適合題目語境的正確成語，填在空格內。

1. 關愛他人、關愛社會、關愛自然，其實就是一種「（　　　　　），大愛無疆」的行為。
2. 黃色的迎春花配上白色的玉蘭花，加上象徵多子的石榴，再加上海棠樹，就有了（　　　　　）的寓意。
3. 李景把門面裝潢得金碧輝煌，還別出心裁地把那些光怪陸離的貨物陳列在霓（ní）虹燈下，真叫人（　　　　　），愛不釋手。
4. 教育孩子時不要給孩子太大壓力，以免（　　　　　），收到相反的效果。

第四單元

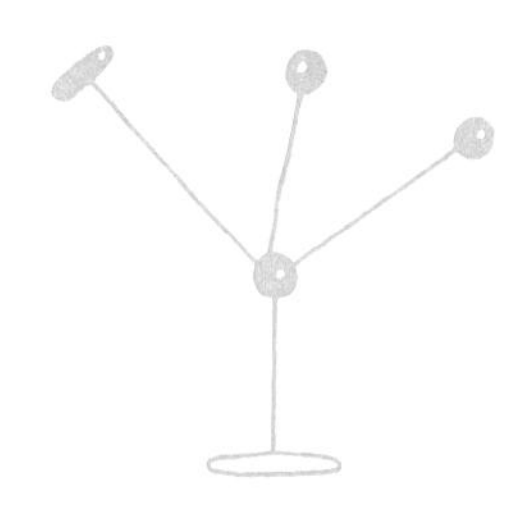

經典小知識

據文獻記載，老子靜思好學，知識淵博。老師教授知識時，他總是刨根問底，求知若渴。為了解開疑惑，他經常仰觀日月星辰，思考天上之天為何物，以至於經常睡不着覺。天文、地理、人倫，無所不學，詩書禮樂無所不覽，文物、典章、史書無所不習，於是他的學業大有長進。老子以自己的生活體驗和王朝興衰、百姓安危為鑒，溯其源，著上、下兩篇，共五千餘言，即《道德經》。

chǒng rǔ ruò jīng
寵辱若驚

原文 重現

寵辱[1] 若驚，貴大患若身[2]。
何謂寵辱若驚？寵為下[3]，
得之若驚，失之若驚，是謂寵辱若驚。

《道德經》第十三章

成語 釋義

1. 寵辱 / 榮寵和侮辱。
2. 貴大患若身 / 貴，以⋯⋯為珍貴、重視。把大禍患看得像自己的生命一樣貴重。
3. 下 / 卑下、下等的。

受寵和受辱都感到驚慌失措，形容人患得患失。

道老師 答疑

「寵辱若驚」和「寵辱不驚」是一對反義詞。老子這段話的含義說了甚麼呢？他的意思是：得寵和受辱都感到驚慌失措（「寵辱若驚」），把大禍患看得像自己的生命一樣貴重（「貴大患若身」）。甚麼叫作得寵和受辱都感到驚慌失措（「何謂寵辱若驚」)？得寵是卑下的（「寵為下」），得到榮寵會感到驚慌不安（「得之若驚」），失去榮寵也會感到驚慌不安（「失之若驚」），這就叫作得寵和受辱都感到驚慌失措（「是謂寵辱若驚」）。

《菜根譚》中有一句話寫得非常好：「寵辱不驚，閑看庭前花開花落；去留無意，漫隨天外雲捲雲舒。」這句話的意思是說，為人處事能視寵辱如花開花落般平常，才能不驚；視職位去留如雲捲雲舒般變幻，才能淡然處之。在平時的生活和學習中，我們取得了成績不要驕傲，受到打擊也不要一蹶（jué）不振，只有正確面對成功和失敗，才會不斷取得進步。

視而不見，聽而不聞

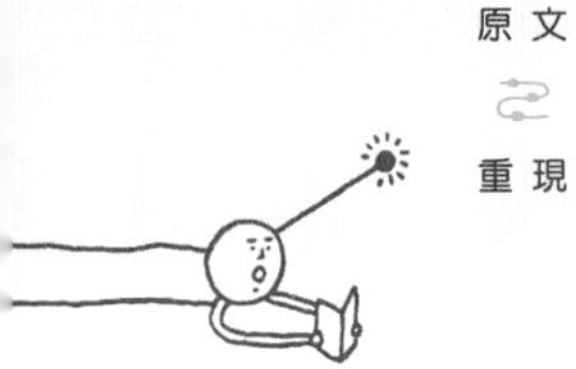

視之不見，名曰「夷[1]」；聽之不聞，名曰「希[2]」；摶之不得，名曰「微[3]」。

《道德經》第十四章

1. 夷／無色。
2. 希／無聲。
3. 微／無形。

成語釋義

儘管在看，卻甚麼都沒看見；儘管在聽，卻甚麼都沒聽見。形容不注意、不關心、不重視。老子描述了「道」的虛無縹緲，不可感知，看不見，聽不到，摸不着，然而又是確實存在的。

道老師答疑

夷、希、微分別指無色、無聲、無形，老子用這三個字來告訴我們「道」超越了人類的一切感覺和知覺，所以是不可捉摸、不可思議的。

很多成語在演變過程中都引申出新的含義。「視而不見，聽而不聞」在今天的某些情況下有一點貶義的意思，但也可以用來告誡我們，做任何事情都要端正心思，不要三心二意。

bù kě míng zhuàng
不可名狀

原文重現

其上不皦[1]，其下不昧[2]，繩繩[3]不可名，
復歸於無物[4]。是謂無狀之狀，
無物之象，是謂惚恍[5]。

《道德經》第十四章

成語釋義

1. 皦 / jiǎo，清晰、光明之意。
2. 昧 / 陰暗。
3. 繩繩 / mǐn mǐn，形容綿綿不斷、紛紜不絕。
4. 無物 / 沒有具體形狀的物，即道。
5. 惚恍 / 若有若無，閃爍不定。

「道」上面不顯得光明，下面也不顯得陰暗，它綿綿不絕而不可名狀，一切運動都會回復到無形的狀態。這是沒有形狀的形狀，不見物體的形象，若有若無，難以捉摸。

不可名狀指不能用語言描繪出來。名，說出。狀，描繪。

道老師答疑

「不可名狀」這個成語是老子用來形容「道」的。今天，「不可名狀」形容無法用言語來描繪，跟它意思相近的成語還有「不可勝言」「不可言宣」和「不可思議」。只可意會不可言傳的「道」就像高超木匠的技藝，需要自己慢慢領悟。能夠說出來的，便已與「道」有所偏差了。「道」本身不可名狀、妙不可言，尋道要靠自己不斷探索與領悟，勤思考，多體會，也許驀然回首間，你就能領悟「道」的妙義。

huàn rán bīng shì
渙然冰釋

原文重現

豫[1]兮若冬涉川；猶[2]兮若畏四鄰；
儼[3]兮其若客；渙[4]兮其若冰釋[5]。

《道德經》第十五章

成語釋義

1. 豫 / 遲疑慎重。
2. 猶 / 警覺戒備。
3. 儼 /yǎn，拘謹嚴肅。
4. 渙 /huàn，分散、流散。
5. 釋 / 冰消融、融化。

審慎好像冬天渡過江河，謹守好像畏懼四鄰進攻，恭敬嚴肅如同去別人那裏做客，融和可親，像冰柱消融。這就是老子對得道之人的描述了。

渙然冰釋這個成語，指的是像冰遇熱消融一般，今天用來比喻疑慮、誤會、隔閡等完全消除。

道老師答疑

這個成語告訴我們，在和朋友交往時，要學着擁有寬容之心，如果彼此產生了矛盾，要主動去化解。

小練習，做一做！

學習了本單元的幾個成語，你知道它們的意思嗎？瞭解它們的用法嗎？
下面有一些小練習，來試試看吧！

A. 請根據前面學到的成語意思，把正確的成語答案填寫在空格內。

1. 受寵和受辱都感到驚慌失措，形容人患得患失。
   (　　　　　　)
2. 比喻疑慮、誤會、隔閡等完全消除。(　　　　　　)
3. 不能用語言描述出來。(　　　　　　)
4. 儘管在看，卻甚麼都沒看見；儘管在聽，卻甚麼都沒聽見。形容不注意、不關心、不重視。(　　　　　　)

B. 選擇適合題目語境的正確成語，填在空格內。

1. 誤會終究(　　　　　　)了，大家依舊是好朋友。
2. 看到好朋友被自己的陰謀詭計擊敗後絕望的神情，他得意之中夾帶着(　　　　　　)的感傷 —— 為那段失去的友誼。
3. 如果能得到「優秀員工」的榮譽，他怕同事嫉恨；如果得不到，他又怕自己吃虧。他一直籠罩在患得患失、(　　　　　　)的矛盾中。
4. 這個只顧自己建功立業的國王，一直對國民的呼聲(　　　　　　)，對國民對他和他的統治的不滿(　　　　　　)。

C. 以下的成語，皆有一處或者幾處錯別字，請在空格內改正。

1. 不可明狀　(　　　　　　)
2. 換然冰釋　(　　　　　　)

第五單元

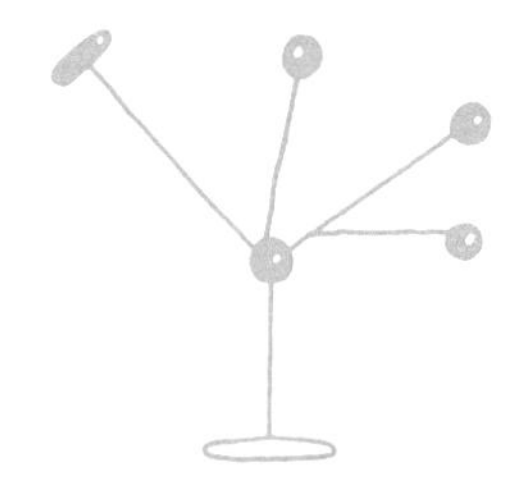

經典小知識

《道德經》被譽為「萬經之王」，它既是道家學派的思想源泉，也是東方智慧的代表之一。老子以其精練的語言和深邃的智慧，探究了天之道、地之道、人之道，深刻揭示了宇宙生命發生發展和人類社會發展變化的真諦。這部神奇之書，像寶塔之巔的明珠，璀璨奪目，照耀着中國古老的文明。

虛懷若谷

xū huái ruò gǔ

原文重現

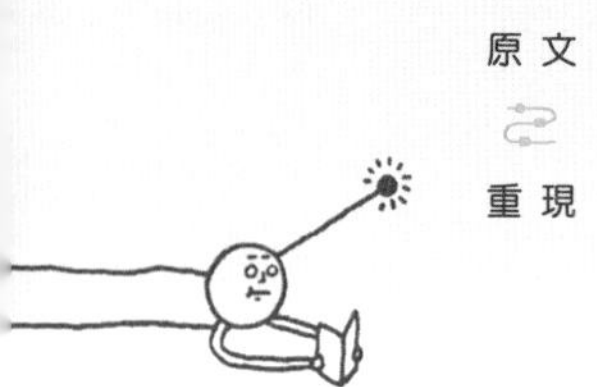

敦[1]兮其若樸[2]；曠[3]兮其若谷；混[4]兮其若濁；孰[5]能濁以靜之徐[6]清；孰能安以動之徐生？

《道德經》第十五章

成語釋義

1. 敦 /dūn，敦厚質樸。
2. 樸 / 未經雕琢的素材。
3. 曠 /kuàng，豁達開闊。
4. 混 / 通「渾」，渾厚純樸。
5. 孰 /shú，誰。
6. 徐 / 慢慢地。

敦厚質樸啊，像未經雕琢的素材；豁達開闊啊，像深山的幽谷；渾厚純樸啊，像濁水一般；誰能讓混濁動盪的水安靜下來而慢慢地澄清，誰能讓它在安定中變動起來而慢慢地顯出生機？

虛懷若谷這個成語，指胸懷像山谷那樣深廣，形容十分謙虛。

道老師答疑

這個成語告訴我們，在和朋友交往時，要學着擁有寬容之心，如果彼此產生了矛盾，要主動去化解。

這一條成語讓我們知道原來得道之人有這麼多優秀品質！我們做人也應如此，只有將自己放低，才能吸納別人的長處和優點，不斷取得進步。當人們站在高處時，內心常會產生一種「會當凌絕頂，一覽眾山小」的驕傲感，而能夠正視自己取得的成績，以一種自謙和矜持的態度對待人生的人，才能夠真正攀上人生之巔。

yún yún zhòng shēng
芸芸眾生

原文重現

致[1]虛[2]極，守靜篤[3]。萬物並作[4]，
吾以觀復[5]。夫物芸芸[6]，各復歸其根[7]。

《道德經》第十六章

成語

釋義

1. 致／推致。
2. 虛／心靈空明，不帶成見。
3. 篤／dǔ，極度、頂點。
4. 作／生長發展。
5. 復／循環往復。
6. 芸芸／紛繁茂盛的樣子，常形容草木繁茂。
7. 根／本根、本性。

心境空明到極點，持守安靜到極致，就能在萬物的蓬勃生長中，看出其生長發展的規律。萬物紛紜百態，都能回到它最本質的狀態。

芸芸眾生泛指一切生物，後多用來指世間眾多的普通人。

道老師答疑

老子強調致虛守靜，他認為心境原本是空明寧靜的，可由於內心的慾望和外物的誘惑，心靈變得閉塞，所以必須時常在致虛和守靜上下功夫，以恢復心靈的清明。萬物循環往復，這就是生命的輪迴。我們作為芸芸眾生中的普通一員，雖然最後的歸宿是相同的，但是我們應該活出屬於自己的精彩。

qǔ xìn yú mín
取信於民

原文重現

信不足焉，有不信焉。

《道德經》第十七章

統治者的誠信不足，人民就不相信他。

成語釋義

取信於民，就是指取得人民的信任。

道老師答疑

為官者一定要講究誠信，「其身正，不令而行；其身不正，雖令不從」。對於統治者來說，誠信不足（「信不足焉」），人民自然不信任他（「有不信焉」）。所以，取信於民比施暴政於民更加有效。對於我們老百姓來說，誠信也一樣重要，它是立身處世、成就事業的基石，也是每個人生活的準則。

liù qīn bù hé
六親不和

原文重現

大道廢，有仁義；智慧出，有大偽；六親[1]不和，有孝慈；國家昏亂，有忠臣。

《道德經》第十八章

1. 六親／指的是父、子、兄、弟、夫、婦六種親屬關係。

成語釋義

大道廢弛，仁義才顯現；在崇尚巧智，計謀百出的時代裏，虛偽欺詐的事情就層出不窮了；家庭不和，孝慈才彰顯；國家政治昏亂，忠臣才出現。

六親不和，就是指家人親屬之間的關係不和睦。

道老師答疑

老子認為：大道興隆的時候，仁義就在其中，自然不覺得有宣導仁義的必要。同樣，家庭和睦、國家政治清明之時，孝慈和忠臣也顯現不出其重要性。我們崇尚某種德行，正是因為我們缺乏它，所以在動盪不安的社會中，仁義、孝慈、忠義才顯得彌足珍貴。

小練習，做一做！

學習了本單元的幾個成語，你知道它們的意思嗎？瞭解它們的用法嗎？
下面有一些小練習，來試試看吧！

A. 請根據前面學到的成語意思，把正確的成語答案填寫在空格內。

1. 取得人民的信任。(　　　　　　)
2. 胸懷像山谷那樣深廣，形容十分謙虛。(　　　　　　)
3. 泛指一切生物，後多用來指世間眾多的普通人。
(　　　　　　)
4. 與親族、親戚之間的關係不好。(　　　　　　)

B. 選擇適合題目語境的正確成語，填在空格內。

1. 每個人都應有（　　　　　　）的態度，遇事不固執己見。
2. 他不聽家人勸阻，一意孤行，如今已落得（　　　　　　）、一敗塗地的下場。
3. 雖然我只是這（　　　　　　）中的普通一員，但我仍希望我的生命能開花結果。

C. 以下的成語，皆有一處或者幾處錯別字，請在空格內改正。

1. 虛懷若穀　　(　　　　　　)
2. 云云眾生　　(　　　　　　)
3. 六親不合　　(　　　　　　)

第六單元

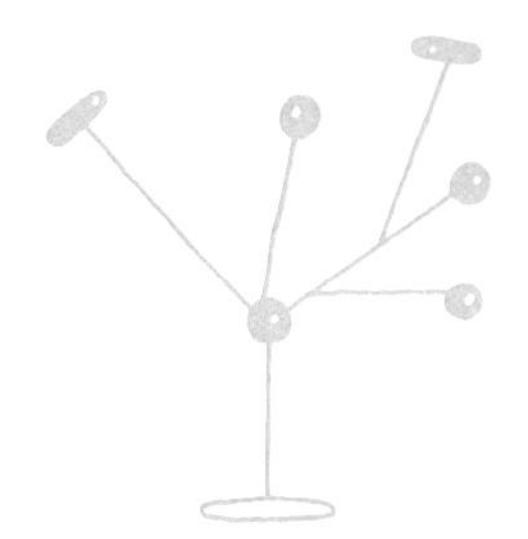

經典小知識

《道德經》主要論述了兩個問題——「道」與「德」，二者可以聯繫起來理解。「道」不僅是宇宙之道、自然之道，也是個體修行的方法；「德」不是通常意義上的道德或德行，而是修道者必備的特殊的世界觀、方法論以及為人處世的方法。總論部分提出了修道的方法，後面大部分論述了修道之「德」。「道德經」三字，提綱挈領，概括了全文的內容。

jué shèng qì zhì

絕聖棄智

原文重現

絕[1]聖[2]棄智，民利[3]百倍。

《道德經》第十九章

1. 絕 / 斷絕、拋棄。
2. 聖 / 聰明。
6. 利 / 獲利。

成語釋義

絕聖棄智指的是拋棄聰明智巧，即拋棄自作聰明的主觀見解，廢棄機謀與巧詐，力求返璞歸真。

道老師答疑

世間萬物的產生、發展、衰亡都有規律可循。因此，很多道家學者認為應該儘量遵守自然規律，而不應該人為地設置很多規範，這樣反而會擾亂自然與社會的發展。統治者應該對政治和人民少做干預，「絕聖棄智」，不是說不要聰明智慧，而是要順其自然，這樣國家自能繁榮昌盛，人民自能安穩富足。

jué rén qì yì
絕仁棄義

原文重現

絕仁棄義，民復孝慈；
絕巧棄利，盜賊無有。

《道德經》第十九章

成語釋義

絕仁棄義，指放棄世俗宣導的仁義，回復到人淳樸的本性。

道老師答疑

老子為甚麼說拋棄仁義（「絕仁棄義」），人民可以恢復孝慈的天性（「民復孝慈」）呢？如今人們都提倡仁義，老子為甚麼要抨擊它呢？

事實上，老子所說的「絕仁棄義」實際上反對的是那些外在的假仁假義，是為了揭穿將「仁義」合法化的謊言，告訴我們甚麼不是真正的仁義。仁義原本是用來勸導人向善的，可有時卻流於形式。有些人剽竊仁義之名，為自己謀求名利，當他們登上所謂的道德大師的寶座後，仁義的美名便被他們放在口袋裏隨意取用。這便是假仁假義。假仁假義會破壞人的天性，所以老子主張拋棄這些矯揉造作的仁義，以恢復人們孝慈的天性。

《莊子·胠篋（qū qiè）》就深刻揭露了仁義的虛偽和社會的黑暗，一針見血地指出「竊鈎者誅，竊國者為諸侯」。在莊子心中，至德之世就是沒有貴賤尊卑的隔閡，沒有仁義禮樂的束縛，沒有功名利祿的爭逐，人人過着無憂無慮、安閒自在的平等生活，身心獲得完全的自由。這和老子所說的「絕仁棄義」也是有着互相呼應之處的。

原文重現

故令有所屬[1]：
見[2]素[3]抱樸，少私寡慾。

《道德經》第十九章

1. 所屬／歸屬。
2. 見／通「現」，呈現。
3. 素／沒有染色的生絲。

成語釋義

一定要讓人心有所歸屬才行，要做到這樣，就需要認識生命的本根，持定存在的本原。使自我越來越少，使慾望越來越淡泊。

見素抱樸，指保持純潔質樸的本性。素、樸是同義詞。

少私寡慾，即是減少私心和慾望，指個人慾望很少。

道老師答疑

這裏的兩個成語，可以和前面的兩條內容連起來一起看，老子針對社會上的問題，提出了他的解決之道：拋棄聰明智巧，人民可以得到百倍的好處；拋棄仁義，人民可以恢復孝慈的天性；拋棄巧詐和貨利，盜賊也就沒有了。聖智、仁義、巧利這三者全是巧飾，作為治理社會病態的法則是不夠的，所以要使人們的思想認識有所歸屬，保持純潔樸實的本性，減少私慾雜念，拋棄聖智禮法的浮文，才能免於憂患。

小練習，做一做！

學習了本單元的幾個成語，你知道它們的意思嗎？瞭解它們的用法嗎？
下面有一些小練習，來試試看吧！

A. 請根據前面學到的成語意思，把正確的成語答案填寫在空格內。

1. 拋棄聰明智巧，即拋棄自作聰明的主觀見解，廢棄機謀與巧詐，力求返璞歸真。(　　　　　　)
2. 減少私心和慾望，指個人慾望很少。(　　　　　　)
3. 放棄世俗宣導的仁義，回復到人淳樸的本性。(　　　　　　)
4. 保持純潔質樸的本性。(　　　　　　)

B. 選擇適合題目語境的正確成語，填在空格內。

1. (　　　　　　) 並不是要人們拋棄智慧，乃至拋棄物質和精神文明，而是讓人們返璞歸真，回歸淳樸本性。
2. 老子認為仁義是人類與生俱來的天性，不需要刻意強調。刻意強調仁義會導致偽善，仁義也會被人利用，所以他主張 (　　　　　　)。
3. 苦行僧的生活我們確實難以效仿，但 (　　　　　　)、適度消費則是我們能夠做到而且應該做到的。

第七單元

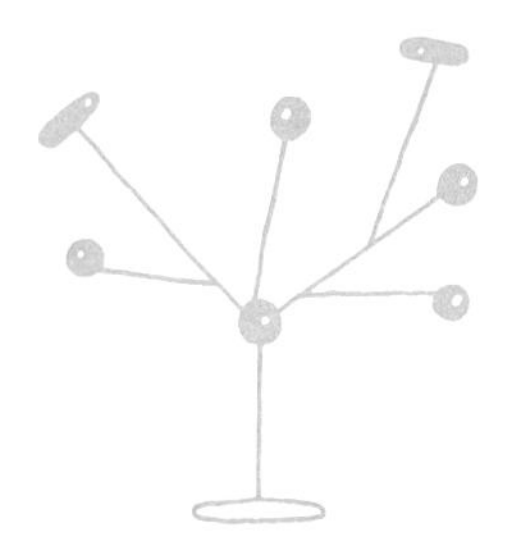

經典小知識

《道德經》玄奧精深、義理博大，堪稱哲理第一書。它以道法自然為核心，闡述了如何讓個人修身達到少私寡慾、知足不辱等境界，如何讓個人處世達到以柔克剛、不求而得、天人合一等境界，如何讓君主治國達到「無為而治」「德善德信而民莫之令而自均」等境界，如何讓天地萬物達到各展本性、並行不悖、既長且久等境界。

dú yì yú rén

獨異於人

原文重現

眾人皆有以[1]，而我獨頑且鄙[2]。
我獨異於人，而貴食母[3]。

《道德經》第二十章

1. 有以／有用、有為，有本領。
2. 頑且鄙／形容頑愚、笨拙。
3. 食母／食，sì。母用以比喻「道」，道是生育天地萬物之母。食母，用道滋養自己。

成語釋義

獨異於人，唯獨自己與別人不同。一般指不同於世俗。

道老師答疑

在生活中，我們經常會用與眾不同、別具一格、特立獨行來形容某些人比較特別、不同尋常。現在，我們又學會了一個成語——獨異於人。

老子用「獨異於人」來說明他與世人不同，他說眾人都有所作為，唯獨我頑愚而笨拙。我和世人不同，重視用道來滋養自己。老子不追求聲色名利，甘守清貧，他重視的是精神上的富足。

wěi qū qiú quán

委曲求全

原文重現

曲則全，枉[1]則直，窪則盈，敝[2]則新，少則得，多則惑。

《道德經》第二十二章

1. 枉 /wǎng，屈、彎曲。
2. 敝 /bì，凋敝、破舊。

成語釋義

（在某些情況下），委曲反能保全，屈就反能伸展，低窪反能充盈，破舊反能生新，少取反能多得，貪多反而迷惑。

「委曲求全」指曲意遷就，以求保全，也指為了顧全大局而通融遷就。

道老師答疑

我們都知道春秋戰國時期吳越爭霸中，越王勾踐臥薪嚐膽的故事。勾踐為了振興自己的國家委曲求全，忍辱負重，睡在柴草上，嚐苦膽提醒自己因為戰敗而受到的屈辱，從此他努力富國強兵，最終打敗吳國。

另外，中國的俗話中，還有「忍一時風平浪靜，退一步海闊天空」，《論語》有云「小不忍則亂大謀」，意思是小事不忍耐就會壞了大事。這與老子所說的「曲則全，枉則直」有異曲同工之妙。

bào fēng zhòu yǔ

暴風驟雨

原文重現

希言[1] 自然。故飄風[2] 不終朝，驟雨[3] 不終日。孰為此者？天地。

《道德經》第二十三章

成語釋義

1. 希言／少說話，此處指少施加政令。
2. 飄風／狂風。
3. 驟雨／暴雨。

不言政令不擾民是合乎於自然的。狂風颳不了一個早晨，暴雨下不了一整天。誰使它這樣的呢？是天地的道理。

暴風驟雨指來勢急速而猛烈的風雨，後用來比喻猛烈的行動或浩大的聲勢。

道老師答疑

老子認為，天地掀起的暴風驟雨都不能夠長久，更何況虐害百姓的暴政呢？暴政就和暴風驟雨一樣，是不可能持久的。所以，只有順應自然，取信於民、造福於民，國家才能天長地久。

歷史是一面鏡子，它告訴我們：統治者如果恣肆橫行，那麼人民就會抗拒他；統治者如果清靜無為，不對百姓發號施令，不強制人民繳糧納稅，那麼這個社會就會形成安寧平和的風氣，統治者與老百姓相安無事，統治者的天下自然可以長存。

qǐ zhě bú lì
企者不立

原文重現

企[1]者不立；跨[2]者不行；自見[3]者不明；
自是者不彰[4]；自伐[5]者無功；
自矜[6]者不長。

《道德經》第二十四章

成語釋義

1. 企／通「跂」，抬起腳後跟站着。
2. 跨／kuà，闊步而行。
3. 自見／自現，自顯於眾。
4. 彰／zhāng，彰顯、顯揚。
5. 伐／誇耀。
6. 自矜／jīn，自尊自大。

踮腳而立的人難以久站，這個成語比喻不踏實工作的人站不住腳。

道老師答疑

老子通過常見的現象告訴我們，凡事刻意而為是不能長久的，接着引申出做人的道理：自逞己見的人反而不得自明（「自見者不明」）；自以為是的人反而不得彰顯（「自是者不彰」）；自我誇耀的人反而不得見功（「自伐者無功」）；自高自大的人反而不得長久（「自矜者不長」）。

也就是說，做人不可自誇自耀，做事不可輕率冒進。「知人者智，自知者明」「欲速則不達」「騏驥（qí jì）一躍，不能十步」講的是同樣的道理。

小練習，做一做！

學習了本單元的幾個成語，你知道它們的意思嗎？瞭解它們的用法嗎？
下面有一些小練習，來試試看吧！

A. 請根據前面學到的成語意思，把正確的成語答案填寫在空格內。

1. 踮腳而立的人難以久站，比喻不踏實工作的人站不住腳。
( )
2. 來勢急速而猛烈的風雨，後用來比喻猛烈的行動或浩大的聲勢。( )
3. 曲意遷就，以求保全，也指為了顧全大局而通融遷就。
( )
4. 獨與別人不同，一般指不同於世俗。( )

B. 選擇適合題目語境的正確成語，填在空格內。

1. 大家都忙忙碌碌地追名逐利，唯有他（ ），一心為百姓謀福祉，從不顧及個人得失。
2. 這棵青松經過（ ）的洗禮，顯得更加青翠挺拔了。
3. 小明平時不努力學習，總是在考試前臨陣磨槍，雖然偶爾也能起點小作用，但（ ），他終因基礎不紮實，成績越來越差。

C. 以下的成語，皆有一處或者幾處錯別字，請在空格內改正。

1. 委屈求全 ( )
2. 起者不立 ( )

第八單元

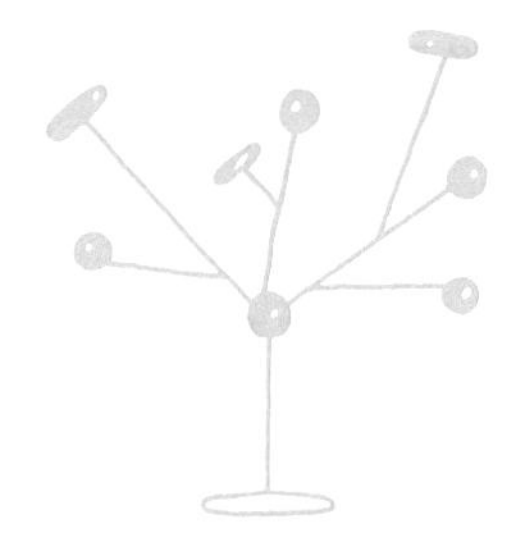

經典小知識

老子認為天之道就是人之法，自然法則也應是人的行為規範，應把對自然法則的認識上升到人類行為價值的高度。老子的人生哲學啟迪我們，為人處世就是對自然萬物與人類社會基本規律的掌握與運用，就是將自己的行為與天地萬物的運行規律融為一體。寬厚仁慈是安身立命之本，清心寡慾是修身養性之要，謙虛柔和是立身處事之則。

yú shí zhuì xíng

餘食贅行

原文重現

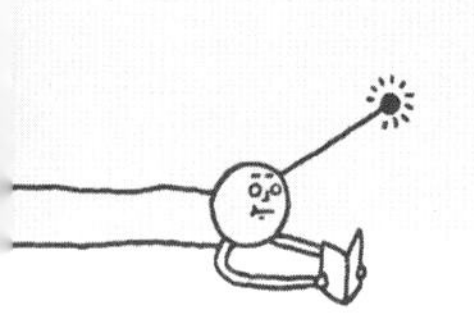

其在道也，曰：餘食贅行[1]，
物或惡[2]之，故有道者不處[3]。

《道德經》第二十四章

1. 贅行／贅瘤。行，即形。
2. 惡／wù，厭惡。
3. 處／處世行事。

成語釋義

餘食，即剩飯；贅行，即身上的贅疣（yóu）。這個成語比喻令人討厭的東西。

道老師答疑

這個成語在這裏是比喻義，這些令人討厭的行為指的就是自我炫耀、自我顯露、自以為是和自高自大。老子說，從道的觀點來看，（這些急躁炫耀的行為）都可說是剩飯贅瘤（「其在道也，曰：餘食贅行」），它們都惹人厭惡（「物或惡之」），所以有道的人不這樣做（「故有道者不處」）。

zhī xióng shǒu cí
知雄守雌

原文重現

知其雄[1]，守其雌[2]，為天下谿[3]。

《道德經》第二十八章

1. 雄／剛勁，躁進。
2. 雌／柔靜，謙下。
3. 谿／同「溪」，象徵謙卑。

成語釋義

這個成語的意思是指棄剛守柔，比喻與人無爭。

道老師答疑

老子提倡「守雌」，關鍵在於「知雄」。張良就是這樣，「知雄」不是仗勢欺人或得理不饒人，而是知彼知己，對症下藥；「守雌」不是被動地任人欺凌，而是處後、守柔、含藏、內斂，是謙退到不能再退、不能再低的地步，與懦弱僅有一線之隔。老子說，深知雄強（「知其雄」），卻安於雌柔（「守其雌」），甘做天下的溪流（「為天下谿」）。也就是說，內心雖然堅強，外表卻要柔弱而與人無爭。這就是我們前面所學的「和光同塵」的處世態度。

zhī bái shǒu hēi
知白守黑

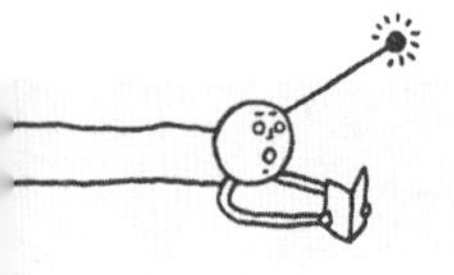

原文 重現

知其白[1]，守其黑[2]，為天下式。

《道德經》第二十八章

成語 釋義

1. 白 / 明亮。
2. 黑 / 暗昧。

這個成語的意思是指對是非黑白雖然明白，還當保持暗昧，如無所見。這是道家提倡的一種處世之道。

道老師 答疑

老子說，深知明亮（「知其白」），卻安於暗昧（「守其黑」），甘做天下的模範（「為天下式」）。他主張做人要含藏內斂、韜光養晦，這是一種深藏的智慧，也是一種悄無聲息的謀略。比如《三國演義》中，劉備在事業發展的初期，面對強大的曹操，韜光養晦，隱藏鋒芒以保存實力，最後一步步積蓄力量，才成為三分天下的霸主之一。

老子之所以主張這樣的處世之道，與他所處時代的政治格局是有關係的。春秋戰國時期爭霸鬥爭持續不斷，社會動盪不安，越是鋒芒畢露、才華橫溢、無可匹敵者，越被那個嫉賢妒能的天下所不容，不但可能無所成就，還很可能落得一個身死族滅的下場。所以，只有做到韜光養晦，才可能在那樣的亂世中保全自己。

zhī róng shǒu rǔ
知榮守辱

原文重現

知其榮，守其辱，為天下谷[1]。

《道德經》第二十八章

1. 谷／川谷，象徵寬容、謙卑。

成語釋義

這個成語的意思是指雖然知道怎樣可以得到榮譽，卻安於受屈辱的地位。

道老師答疑

老子說：深知甚麼是榮耀（「知其榮」），卻安守卑辱的地位（「守其辱」），甘願做天下的川谷（「為天下谷」），這樣的人確實胸襟廣闊、謙卑包容。和「知榮守辱」意思相近的還有前面所提到的「知雄守雌」「知白守黑」， 這幾個成語都含有退讓、不爭的意思。

小練習，做一做！

學習了本單元的幾個成語，你知道它們的意思嗎？瞭解它們的用法嗎？
下面有一些小練習，來試試看吧！

A. 請根據前面學到的成語意思，把正確的成語答案填寫在空格內。

1. 對是非黑白雖然明白，還當保持暗昧，如無所見。
（　　　　　）
2. 雖然知道怎樣可以得到榮譽，卻安於受屈辱的地位。
（　　　　　）
3. 比喻令人討厭的東西。（　　　　　）
4. 棄剛守柔，比喻與人無爭。（　　　　　）

B. 選擇適合題目語境的正確成語，填在空格內。

1. 一個高尚的人往往是（　　　　　）的，他不會為了榮譽出賣自己的靈魂。
2. 在張良遇到黃石公的故事中，張良明知自己比老人身強力壯，卻安守雌柔、謙卑寬容，聽從老人的教誨，甘心為老人家服務，這就是（　　　　　）。
3. 公孫述以帝王自居，對待慕名而來的賢才傲慢無禮。他自高自大、自誇自耀的行為正是老子所說的（　　　　　），令人厭惡。
4. （　　　　　）的理念意在教人處世之道，是非對錯了然於心，外表卻裝作愚魯蠢鈍的樣子，對世俗之流既不讚美也不批判，沉默笑看塵世，與「大智若愚」有異曲同工之妙。

第九單元

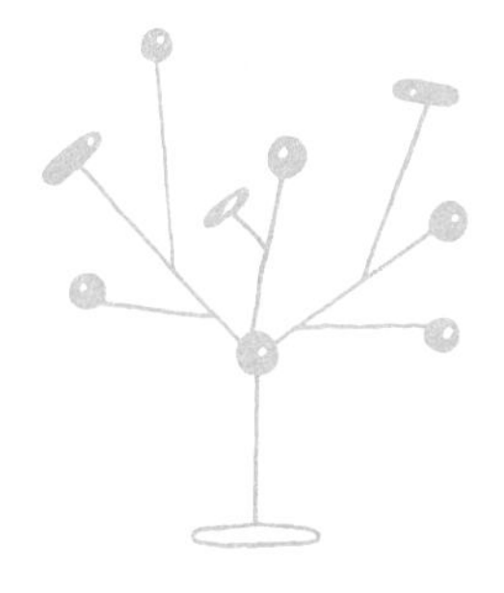

經典小知識

《道德經》句式整齊，大致押韻，為詩歌體之經文，讀之朗朗上口，易誦易記，體現了中國文字的音韻之美，如「虛其心，實其腹，弱其志，強其骨」「其政悶悶，其民淳淳」。這些詞句不僅押韻，而且平仄相扣，有音韻美，也有旋律美。朗誦經文，是一種美的享受，在音韻之美中體味深刻的哲理。

tiān dào hào huán

天道好還

原文重現

以道佐[1]人主者，不以兵[2]強[3]天下。其事好還[4]。

《道德經》第三十章

1. 佐／輔佐。
2. 兵／武力。
3. 強／逞強。
4. 還／還報、報應。

成語釋義

天道好還這個成語，說的是上天對人的善惡會有公正的回報，即善有善報，惡有惡報。

道老師答疑

老子說，用道輔佐君主的人（「以道佐人主者」），不靠武力逞強於天下（「不以兵強天下」）。用兵這件事一定會得到還報（「其事好還」）。老子藉此警告世人：武力橫行，必將自食其果，自取滅亡。對於我們個人來說，「天道好還」不是單純地宣揚因果報應，而是告誡我們做任何事都會給自己帶來相應的後果，「勿以善小而不為，勿以惡小而為之」。

jiā bīng bù xiáng
佳兵不祥

原文重現

夫兵[1]者，不祥之器，物或惡之[2]，故有道者不處[3]。

《道德經》第三十一章

1. 兵／兵革，戰爭。
2. 物或惡之／物，指人。意為人所厭惡、憎惡的東西。
3. 處／使用。

成語釋義

佳兵不祥這個成語，原指兵革是不吉利的東西，後多用來指好用兵是不吉利的，意為反對隨意發動戰爭。

道老師答疑

老子旁觀春秋戰國時期的武力兼併與爭霸戰爭，認為武力是帶來凶災的東西，戰爭最終傷害的只有廣大百姓。這和今天人們對於和平的觀念是相似的，因為戰爭傷亡巨大，對社會造成嚴重的損失，所以要儘量避免戰爭，不輕易發動戰爭。即使在不得已的情況下發起戰爭，也要把損失減少到最小。

shì kě ér zhǐ

適可而止

始制[1]有名[2]，名亦既有，夫亦將知止，知止可以不殆[3]。

《道德經》第三十二章

原文重現

1. 制 / 制定，製作。
2. 始制有名 / 萬物興作，於是產生了各種名稱。名，即名分，即官職的等級名稱。
3. 殆 / dài，危險。

成語

釋義

適可而止，即是到了適當的程度就停止，不要過頭。

道老師答疑

老子說，萬物興作就產生了各種名稱（「始制有名」），各種名稱既然已經制定了（「名亦既有」），就要知道適可而止（「夫亦將知止」），知道適可而止就可以避免危險了（「知止可以不殆」）。我們在日常生活中也要遵循適可而止的處事原則，量力而行。

zì zhī zhī míng
自知之明

原文重現

知人者智[1]，自知者明[2]。

《道德經》第三十三章

1. 智 / 智慧，聰明。
2. 明 / 聖明、高明。

成語釋義

這個成語說的是人應當瞭解自己，對自己有正確的估計。

道老師答疑

中國有句古話是「人貴有自知之明」，它的意思就是認識別人是「智」（「知人者智」），瞭解自己才算「明」（「自知者明」），正確瞭解自己的優勢和不足，在境界上要比知道別人的優勢弱勢要高出一個層次，是有智慧的人才能做到的。老子這句話對於我們正確對待別人、正確認識自己很有幫助，它有利於我們正視自己的不足。正視自己的不足，並且虛心求教，追求進步，要做到這一點很不容易，孔子說「三人行，必有我師焉」，我們要時刻保持謙虛的態度，認清自己的短處，並借鑒他人的長處，這樣才有利於我們不斷進步。

小練習，做一做！

學習了本單元的幾個成語，你知道它們的意思嗎？瞭解它們的用法嗎？
下面有一些小練習，來試試看吧！

A. 請根據前面學到的成語意思，把正確的成語答案填寫在空格內。

1. 到了適當的程度就停止，不要過頭。(　　　　　　)
2. 上天對人的善惡會有公正的回報，即善有善報，惡有惡報。(　　　　　　)
3. 指瞭解自己，對自己有正確的估計。(　　　　　　)
4. 原指兵革是不吉利的東西，後多用來指好用兵是不吉利的，意為反對隨意發動戰爭。(　　　　　　)

B. 選擇適合題目語境的正確成語，填在空格內。

1. 酒可以喝，但要(　　　　　　)，以免損害健康。
2. 善有善報，惡有惡報，(　　　　　　)，所以我們要多做善事。
3. 因為我有(　　　　　　)，知道自己在做甚麼，所以不會出亂子，不會失控，更不會自尋煩惱。
4. 我們中國人不喜歡戰爭，因為(　　　　　　)，但是，如果侵略者侵犯我們，我們也不會退卻。

C. 以下的成語，皆有一處或者幾處錯別字，請在空格內改正。

1. 加兵不祥　(　　　　　　)
2. 是可而止　(　　　　　　)
3. 自知知明　(　　　　　　)

第十單元

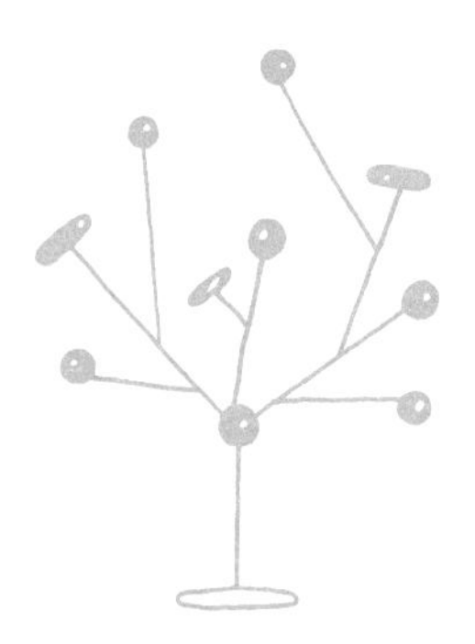

經典小知識

有人說：墨子代表真實，老子代表真理，孔子代表真誠，他們是中國人文精神的三駕馬車。據《史記》記載，孔子曾兩次專門拜訪老子，一次在他剛過而立之年時，一次在他年逾知天命之後。孔子五十歲之後拜訪老子時還說：「弟子不才，雖精思勤習，然空遊十數載，未入大道之門，故特來求教。」

fù zài zhī zú

富在知足

原文重現

勝人者有力，自勝者強[1]。知足者富。

《道德經》第三十三章

1. 強 / 剛強、果決。

成語釋義

富在知足，指真正的富有在於知道滿足。

道老師答疑

在這裏或許有人會說，人生最大的樂趣不正是不滿足於現狀，不斷追求進步嗎？這與老子說的「富在知足」有矛盾呢！這當然有一定道理。孟子說：「孔子登東山而小魯，登泰山而小天下。」如果你滿足於登上東山，看到的將是有限的魯地，怎能像登上泰山之巔那樣把天下盡收眼底呢？不過，富在知足不是讓我們原地踏步、故步自封，而是教導我們不要被慾望牽着鼻子走，要根據事態發展學會放下，這樣才能內心富足。老子說，戰勝別人是有力（「勝人者有力」），超越自己才算堅強（「自勝者強」）。知道滿足就是富有（「知足者富」），講的就是這樣的道理。

suī sǐ yóu shēng
雖死猶生

原文
重現

強行[1]者有志。不失其所者久。
死而不亡[2]者壽。

《道德經》第三十三章

1. 強行／勤勉力行。
2. 死而不亡／身死而道猶存。

成語

釋義

雖死猶生指的是，人雖然死了，但如同活着一樣。形容死得有價值、有意義。

道老師答疑

老子說，努力不懈的就是有志向的（「強行者有志」）。不丟失根基的就能長久（「不失其所者久」）。身死而精神不朽的才是長壽（「死而不亡者壽」）。

一些研究《道德經》的著名學者們，對老子的這句話有不同的見解。任繼愈認為這宣傳的是消極、保守、反省的精神修養觀點，是唯心主義的精神勝利法。但張松如認為，個人的精神修養，可以使人具有智、明、力、強、富、志、久、壽這些品格和素質，這些都具有積極的意義。老子極力宣傳「死而不亡」，這是他一貫的思想主張，體現「無為」的思想主旨。「死而不亡」並不是在宣傳「有鬼論」，不是在宣揚「靈魂不滅」，而是說，人的身體雖然消失了，但人的精神是不朽的，是永垂千古的，這當然可以算做長壽了。梁啟超的觀點也和張松如的相似，他指出，人不可能長生不老，但人雖然死去，他的精神則可以永垂不朽，他的學說、思想、精神卻會長期影響世人，這就可以說是「死而不亡」了。

yù qǔ gū yǔ
欲取姑予

原文重現

將欲歙[1]之，必固[2]張之；將欲弱之，必固強之；將欲廢之，必固興之；將欲取[3]之，必固與[4]之，是謂微明[5]。

《道德經》第三十六章

成語釋義

1. 歙 / xī，收斂、收攏。
2. 固 / 必然、一定。
3. 取 / 奪取。
4. 與 / 給予。
5. 微明 / 徵兆、先兆。

欲取姑予，指的是要想得到他人的東西，必得暫時先給予他人一些東西。

道老師答疑

這個成語也可以寫作「將欲取之，必先予之」。「欲取姑予」的戰略就是說，甲給予乙一些東西或好處不是無償的，而是為了從乙方那裏得到更多。就像釣魚時用魚餌誘魚上鈎，投放魚餌是為了釣到魚。魚要吃到食物，就得冒着付出生命的危險。魚餌被魚吃掉，魚卻跑了，謀略也就失敗了。想要獲取果實，必須先為果樹澆水、施肥；想要獲得好成績，必須先付出心血和汗水。我們不可想着不勞而獲，要收穫必須先付出。

老子這樣解釋他說的這句話：想要收斂某事物，必先擴張它（「將欲歙之，必固張之」）；想要削弱它，必先增強它（「將欲弱之，必固強之」）；想要廢棄它，必先振興它（「將欲廢之，必固興之」）；想要奪取它，必先給予它（「將欲取之，必固與之」）

小練習，做一做！

學習了本單元的幾個成語，你知道它們的意思嗎？瞭解它們的用法嗎？
下面有一些小練習，來試試看吧！

A. 請根據前面學到的成語意思，把正確的成語答案填寫在空格內。

1. 真正的富有在於知道滿足。（　　　　　　）
2. 要想得到他人的東西，必得暫時先給予他人一些東西。
（　　　　　　）
3. 雖然死了，但如同活着一樣。形容死得有價值、有意義。
（　　　　　　）
4. 自以為了不起。（　　　　　　）

B. 選擇適合題目語境的正確成語，填在空格內。

1. 不斷為人類創造價值的人，即使離開這個世界，也（　　　　　　）。
2. 鄭武公想攻佔胡國，便採取（　　　　　　）的謀略，將自己的女兒嫁給了胡國國君，藉此麻痹（bì）他，令他放鬆警惕。
3. 人的一生中會遇到各種各樣的誘惑，讓我們常常在一些不必要的事情上駐足，懂得（　　　　　　）的道理，才能堅持不懈地向目標前進。

經典

搶先讀一讀

PART B

《道德經》之《德經》

《道德經》之《德經》

38 上德不德，是以有德；下德不失德，是以無德。上德無為而無以為；下德無為而有以為。上仁為之而無以為；上義為之而有以為。上禮為之而莫之應，則攘臂而扔之。故失道而後德，失德而後仁，失仁而後義，失義而後禮。夫禮者，忠信之薄，而亂之首。前識者，道之華，而愚之始。是以大丈夫處其厚，不居其薄；處其實，不居其華。故去彼取此。

39 昔之得一者：天得一以清；地得一以寧；神得一以靈；谷得一以盈；萬物得一以生；侯王得一以為天下正。其致之也，謂天無以清，將恐裂；地無以寧，將恐廢；神無以靈，將恐歇；谷無以盈，將恐竭；萬物無以生，將恐滅；侯王無以正，將恐蹶。故貴以賤為本，高以下為基。是以侯王自稱孤、寡、不穀。此非以賤為本邪？非乎？故至譽無譽。是故不欲琭琭如玉，珞珞如石。

40 反者道之動；弱者道之用。天下萬物生於有，有生於無。

41 上士聞道，勤而行之；中士聞道，若存若亡；下士聞道，大笑之。不笑不足以為道。故建言有之：明道若昧；進道若退；夷道若纇；上德若谷；大白若辱；廣德若不足；建德若偷；質真若渝；大方無隅；大器晚成；大音希聲；大象無形；道隱無名。夫唯道，善貸且成。

42 道生一，一生二，二生三，三生萬物。萬物負陰而抱陽，沖氣以為和。人之所惡，唯孤、寡、不穀，而王公以為稱。故物或損之而益，或益之而損。人之所教，我亦教之。強梁者不得其死，吾將以為教父。

43 天下之至柔，馳騁天下之至堅。無有入無間，吾是以知無為之有益。不言之教，無為之益，天下希及之。

44 名與身孰親？身與貨孰多？得與亡孰病？甚愛必大費；多藏必厚亡。故知足不辱，知止不殆，可以長久。

45 大成若缺，其用不弊。大盈若沖，其用不窮。大直若屈，大巧若拙，大辯若訥。躁勝寒，靜勝熱。清靜為天下正。

46 天下有道，卻走馬以糞。天下無道，戎馬生於郊。禍莫大於不知足；咎莫大於欲得。故知足之足，常足矣。

47 不出戶，知天下；不窺牖，見天道。其出彌遠，其知彌少。是以聖人不行而知，不見而明，不為而成。

48 為學日益，為道日損。損之又損，以至於無為，無為而無不為。取天下常以無事，及其有事，不足以取天下。

49 聖人常無心，以百姓心為心。善者，吾善之；不善者，吾亦善之；德善。信者，吾信之；不信者，吾亦信之；德信。聖人在天下，歙歙焉，為天下渾其心，百姓皆注其耳目，聖人皆孩之。

50 出生入死。生之徒，十有三；死之徒，十有三；人之生，動之於死地，亦十有三。夫何故？以其生生之厚。蓋聞善攝生者，陸行不遇兕虎，入軍不被甲兵；兕無所投其角，虎無所用其爪，兵無所容其刃。夫何故？以其無死地。

51 道生之，德畜之，物形之，勢成之。是以萬物莫不尊道而貴德。道之尊，德之貴，夫莫之命而常自然。故道生之，德畜之；長之育之；亭之毒之；養之覆之。生而不有，為而不恃，長而不宰，是謂玄德。

52 天下有始，以為天下母。既得其母，以知其子；既知其子，復守其母，沒身不殆。塞其兑，閉其門，終身不勤。開其兑，濟其事，終身不救。見小曰明，守柔曰強。用其光，復歸其明，無遺身殃；是為襲常。

53 使我介然有知，行於大道，唯施是畏。大道甚夷，而人好徑。朝甚除，田甚蕪，倉甚虛；服文彩，帶利劍，厭飲食，財貨有餘；是謂盜誇。非道也哉！

54 善建者不拔，善抱者不脫，子孫以祭祀不輟。修之於身，其德乃真；修之於家，其德乃餘；修之於鄉，其德乃長；修之於邦，其德乃豐；修之於天下，其德乃普。故以身觀身，以家觀家，以鄉觀鄉，以邦觀邦，以天下觀天下。吾何以知天下然哉？以此。

55 含德之厚，比於赤子。蜂蠆虺蛇不螫，攫鳥猛獸不摶。骨弱筋柔而握固。未知牝牡之合而全作，精之至也。終日號而不嗄，和之至也。知和曰常，知常曰明。益生曰祥。心使氣曰強。物壯則老，謂之不道，不道早已。

56 知者不言，言者不知。塞其兌，閉其門，挫其銳，解其紛，和其光，同其塵，是謂玄同。故不可得而親，不可得而疏；不可得而利，不可得而害；不可得而貴，不可得而賤。故為天下貴。

57 以正治國，以奇用兵，以無事取天下。吾何以知其然哉？以此：天下多忌諱，而民彌貧；民多利器，國家滋昏；人多伎巧，奇物滋起；法令滋彰，盜賊多有。故聖人云：「我無為，而民自化；我好靜，而民自正；我無事，而民自富；我無慾，而民自樸。」

58 其政悶悶，其民淳淳；其政察察，其民缺缺。禍兮，福之所倚；福兮，禍之所伏。孰知其極？其無正。正復為奇，善復為妖。人之迷，其日固久。是以聖人方而不割，廉而不劌，直而不肆，光而不耀。

59 治人事天，莫若嗇。夫唯嗇，是謂早服。早服謂之重積德，重積德則無不克，無不克則莫知其極，莫知其極，可以有國。有國之母，可以長久。是謂深根固柢，長生久視之道。

60 治大國若烹小鮮。以道蒞天下，其鬼不神。非其鬼不神，其神不傷人；非其神不傷人，聖人亦不傷人。夫兩不相傷，故德交歸焉。

61 大邦者下流，天下之交，天下之牝。牝常以靜勝牡，以靜為下。故大邦以下小邦，則取小邦；小邦以下大邦，則取大邦。故或下以取，或下而取。大邦不過欲兼畜人，小邦不過欲入事人。夫兩者各得所欲，大者宜為下。

62 道者萬物之奧。善人之寶，不善人之所保。美言可以市，尊行可以加人。人之不善，何棄之有？故立天子，置三公，雖有拱璧以先駟馬，不如坐進此道。古之所以貴此道者何？不曰：求以得，有罪以免邪？故為天下貴。

63 為無為，事無事，味無味。大小多少，報怨以德。圖難於其易，為大於其細；天下難事，必作於易，天下大事，必作於細。是以聖人終不為大，故能成其大。夫輕諾必寡信，多易必多難。是以聖人猶難之，故終無難矣。

64 其安易持，其未兆易謀。其脆易泮，其微易散。為之於未有，治之於未亂。合抱之木，生於毫末；九層之台，起於累土；千里之行，始於足下。為者敗之，執者失之。是以聖人無為故無敗；無執故無失。民之從事，常於幾成而敗之。慎終如始，則無敗事。是以聖人欲不欲，不貴難得之貨；學不學，復眾人之所過，以輔萬物之自然而不敢為。

65 古之善為道者，非以明民，將以愚之。民之難治，以其智多。故以智治國，國之賊；不以智治國，國之福。知此兩者亦稽式。常知稽式，是謂玄德，玄德深矣，遠矣，與物反矣，然後乃至大順。

66 江海之所以能為百谷王者，以其善下之，故能為百谷王。是以聖人欲上民，必以言下之；欲先民，必以身後之。是以聖人處上而民不重，處前而民不害。是以天下樂推而不厭。以其不爭，故天下莫能與之爭。

67 天下皆謂我：「道大，似不肖。」夫唯大，故似不肖。若肖，久矣其細也夫！我有三寶，持而保之。一曰慈，二曰儉，三曰不敢為天下先。慈故能勇；儉故能廣；不敢為天下先，故能成器長。今捨慈且勇；捨儉且廣；捨後且先；死矣！夫慈，以戰則勝，以守則固。天將救之，以慈衛之。

68 善為士者，不武；善戰者，不怒；善勝敵者，不與；善用人者，為之下。是謂不爭之德，是謂用人，是謂配天，古之極也。

69 用兵有言：「吾不敢為主，而為客；不敢進寸，而退尺。」是謂行無行；攘無臂；扔無敵；執無兵。禍莫大於輕敵，輕敵幾喪吾寶。故抗兵相若，哀者勝矣。

70 吾言甚易知，甚易行。天下莫能知，莫能行。言有宗，事有君。夫唯無知，是以不我知。知我者希，則我者貴。是以聖人被褐懷玉。

71 知不知，尚矣；不知知，病也。聖人不病，以其病病。夫唯病病，是以不病。

72 民不畏威，則大威至。無狎其所居，無厭其所生。夫唯不厭，是以不厭。是以聖人自知不自見；自愛不自貴。故去彼取此。

73 勇於敢則殺。勇於不敢則活。此兩者，或利或害。天之所惡，孰知其故？是以聖人猶難之。天之道，不爭而善勝，不言而善應，不召而自來，繟然而善謀。天網恢恢，疏而不失。

74 民不畏死，奈何以死懼之？若使民常畏死，而為奇者，吾得執而殺之，孰敢？常有司殺者殺。夫代司殺者殺，是謂代大匠斫。夫代大匠斫者，希有不傷其手矣。

75 民之飢，以其上食稅之多，是以飢。民之難治，以其上之有為，是以難治。民之輕死，以其上求生之厚，是以輕死。夫唯無以生為者，是賢於貴生。

76 人之生也柔弱，其死也堅強。草木之生也柔脆，其死也枯槁。故堅強者死之徒，柔弱者生之徒。是以兵強則滅，木強則折。強大處下，柔弱處上。

77 天之道，其猶張弓與？高者抑之，下者舉之；有餘者損之，不足者補之。天之道，損有餘而補不足。人之道，則不然，損不足以奉有餘。孰能有餘以奉天下，唯有道者。是以聖人為而不恃，功成而不處，其不欲見賢。

78 天下莫柔弱於水，而攻堅強者莫之能勝，以其無以易之。弱之勝強，柔之勝剛，天下莫不知，莫能行。是以聖人云：「受國之垢，是謂社稷主；受國不祥，是為天下王。」正言若反。

79 和大怨，必有餘怨；報怨以德，安可以為善？是以聖人執左契，而不責於人。有德司契，無德司徹。天道無親，常與善人。

80　小國寡民。使有什伯之器而不用；使民重死而不遠徙。雖有舟輿，無所乘之；雖有甲兵，無所陳之。使民復結繩而用之。甘其食，美其服，安其居，樂其俗。鄰國相望，雞犬之聲相聞，民至老死，不相往來。

81　信言不美，美言不信。善者不辯，辯者不善。知者不博，博者不知。聖人不積，既以為人己愈有，既以與人己愈多。天之道，利而不害；人之道，為而不爭。

《老子》

PART B

《道德經》的《德經》，是這部經典著作的後半部分。其中老子運用了不少今天膾炙人口的名言成語，來解釋他的理念。接下來道老師會選擇《德經》中的一些成語講解給大家聽，各位同學先來讀一讀《老子》中的成語，學習成語知識，等到學得更深，懂得更多，再回頭來看看原文，一定有更大收穫！

第十一單元

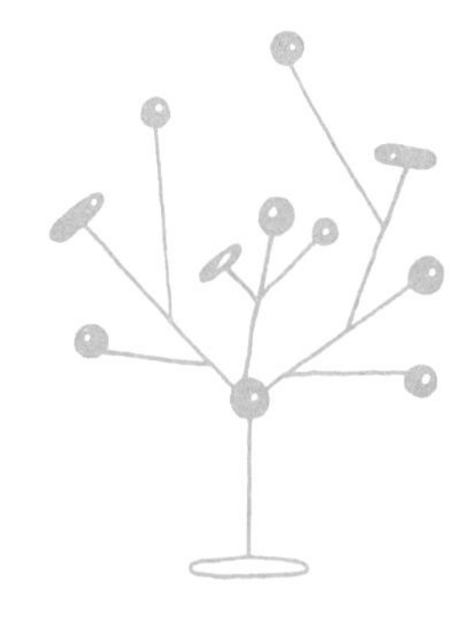

經典小知識

魯迅先生曾說：不讀《道德經》一書，不知中國文化，不知人生真諦。他在《小雜感》中總結道：「人往往憎和尚，憎尼姑，憎回教徒，憎耶教徒，而不憎道士。懂得此理者，懂得中國大半。」

wú zhōng shēng yǒu

無中生有

原文 重現

天下萬物生於有[1]，有生於無[2]。

《道德經》第四十章

1. 有／道的有形質。
2. 無／超越現實世界的形上之道。

成語 釋義

無中生有原是道家的本體論思想，後用來形容本無其事，憑空捏造。

道老師 答疑

現代成語中的「無中生有」就是信口雌黃、憑空捏造的意思。但是老子這句話的意思是，天下萬物產生於看得見的有形質（「天下萬物生於有」），有形質又產生於不可見的無形質（「有生於無」）。它表達了老子的本體論思想，「有」「無」其實都是「道」的屬性，「無中生有」就是「道」產生天地萬物時由無形質變成有形質的活動過程。

ruò cún ruò wáng
若存若亡

原文重現

上士聞道，勤[1]而行[2]之；中士聞道，若存若亡；下士聞道，大笑之。不笑不足以為道。

《道德經》第四十一章

1. 勤／努力，勤力。
2. 行／實行，貫徹。

成語釋義

這個成語描述的是有時記在心裏，有時忘記的狀態。形容若有若無，難以捉摸。

道老師答疑

老子這段話講的是不同層次的上士、中士和下士對道的不同態度和反應。老子說，上士聽到道，努力去實踐（「上士聞道，勤而行之」）；中士聽到道，將信將疑（「中士聞道，若存若亡」）；下士聽到道，哈哈大笑（「下士聞道，大笑之」）。不被嘲笑便不足以成為道（「不笑不足以為道」）。

老子為甚麼會說不被嘲笑便不足以成為道呢？因為道與世間萬物不同，它幽隱難見、深邃內斂，超越了人們的感覺和知覺，下士根本無法真正體悟道，他們覺得道空洞、不切實際，所以才會嘲笑道。而正是因為道隱藏於現象背後，不易被一般人察覺，所以老子才說不被嘲笑便不足以成為道。

dà qì wǎn chéng
大器晚成

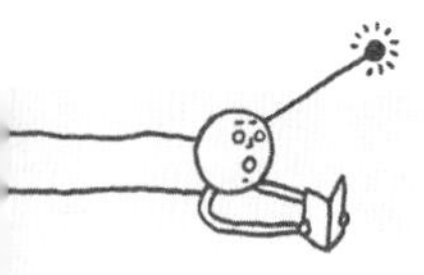

原文重現

故建言[1]有之：明道若昧；進道若退；夷[2]道若纇[3]；上德若谷；大白若辱[4]；廣德若不足；建[5]德若偷[6]；質真若渝[7]；大方無隅[8]；大器晚成。

《道德經》第四十一章

成語釋義

1. 建言 / 立言。
2. 夷 / 平坦。
3. 纇 /lèi，不平。
4. 辱 / 黑垢。
5. 建 / 通「健」，剛健。
6. 偷 / 怠惰。
7. 渝 / 變污。
8. 隅 /yú，角。

這個成語指的是大的或貴重的器物需要長時間加工才能完成。後用來比喻能擔當重任的人要經過長期的鍛煉，所以成就較晚。

道老師答疑

一個人年輕時的不得志與磨難，並不會影響堅持者大器晚成。堅持不懈的努力和終將到來的機遇是大器晚成者走向成功的必要條件。只要永遠不放棄追求夢想的腳步，終有一天會取得成功。

老子說，所以古時候立言的人說過這樣的話（「故建言有之」）：光明的道好似暗昧（「明道若昧」）；前進的道好似後退（「進道若退」）；平坦的道好似崎嶇（「夷道若纇」）；崇高的德好似低下的川谷（「上德若谷」）；最潔白的好似含垢（「大白若辱」）；廣大的德好似不足（「廣德若不足」）；剛健的德好似怠惰（「建德若偷」）；質性純真好似混沌未開（「質真若渝」）；最方正的好似沒有棱角（「大方無隅」）；最貴重的器具總是最後才製成（「大器晚成」）。

dà yīn xī shēng

大音希聲

原文重現

大音希[1]聲；大象無形；道隱無名。

《道德經》第四十一章

1. 希／聽之不聞。

成語

釋義

最高妙的樂聲反而聽起來無聲無息。老子用它來形容道超越了人類的一切感覺和知覺，幽隱難見。

道老師答疑

古今學者對「大音希聲」大概有五種解釋：其一，最大的聲音是沒有聲音；其二，最大的聲音聽起來反而是無聲的；其三，「希聲」即「無聲」，它是在醞釀「大音」；其四，「大音希聲」乃天樂，不能用耳朵去聽，只能用心去感悟；其五，「大音」即合道之音，主要是指對聲音情感的超越。

其實，老子用「大音希聲」來比喻道深邃內斂、幽隱未現。老子說，最高妙的樂聲反而聽起來無聲無息（「大音希聲」）；最大的形象反而看不見行跡（「大象無形」）；道幽隱而沒有名稱（「道隱無名」）。在這一章，老子用一種特殊的方法來描述不可言說的「道」。他列舉了經驗世界的很多概念，比如「大方」「大音」「大象」，然後一一否定它們的恰當性，打破經驗世界的種種界限，以此向人們展現超越一切感覺和知覺的「道」。這樣的「道」無法用感官感知，正如最高妙的樂聲無法用聽覺感知一樣，人們只能透過現象去體悟它的存在。

小練習，做一做！

學習了本單元的幾個成語，你知道它們的意思嗎？瞭解它們的用法嗎？
下面有一些小練習，來試試看吧！

A. 請根據前面學到的成語意思，把正確的成語答案填寫在空格內。

1. 有時記在心裏，有時忘記。形容若有若無，難以捉摸。
   (　　　　　)
2. 比喻能擔當重任的人要經過長期的鍛煉，所以成就較晚。
   (　　　　　)
3. 形容本無其事，憑空捏造。(　　　　　)
4. 最高妙的樂聲反而聽起來無聲無息。(　　　　　)

B. 選擇適合題目語境的正確成語，填在空格內。

1. 齊白石 27 歲正式學畫，57 歲毅然衰年變法，大膽革新繪畫風格，終於成為享譽中外的繪畫名家。他可稱得上是(　　　　　)的典範。
2. 在音樂欣賞中，我們應追求一種超越對聲音直接感知的(　　　　　)的境界，即無聲勝有聲的境界。
3. 說話要以事實為根據，萬不可信口開河，(　　　　　)。
4. 離家五十年後重返故鄉，童年的記憶(　　　　　)，好像已經模糊了，但它們仍深藏在內心深處，不曾遺忘。

第十二單元

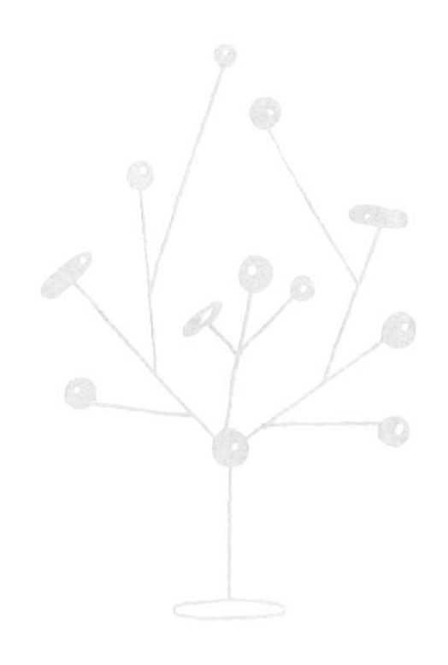

經典小知識

現代著名史學家、文學家、哲學家胡適先生對老子的評價極高。他認為：老子是中國哲學的鼻祖，是中國哲學史上第一位真正的哲學家。胡適曾說：「老子的最大功勞，在於超出天地萬物之外，別假設一個『道』。這個道的性質，是無聲、無形；有單獨不變的存在，又周行天地萬物之中；生於天地萬物之先，卻又是天地萬物的本源。」

yù yì fǎn sǔn

欲益反損

原文重現

故物或[1]損[2]之而益[3]，或益之而損。

《道德經》第四十二章

1. 或／有時。
2. 損／減損，減少。
3. 益／增加。

成語釋義

指原想有所獲益，結果反受損害，形容事與願違。

道老師答疑

老子說，所以一切事物，減損它有時反而得到增加（「故物或損之而益」），增加它有時反而受到減損（「或益之而損」）。由這個成語我們還可以聯想到一個不常用的成語——續鳧（fú）截鶴，它的意思是：野鴨的腿雖然很短，給它接上一截它就要發愁；仙鶴的腿雖然很長，給它截去一段它就要悲傷。這個成語的意思就是背離事物本性，欲益反損。

bù　yán　zhī　jiào

不言之教

原文重現

不言之教，無為之益，天下希[1]及之。

《道德經》第四十三章

1. 希 / 一本作「稀」，稀少。

成語釋義

指用行動去實際地教育、感染和影響人，亦作「不言之化」。

道老師答疑

老子所說的不言之教，重在用行動教育、影響、感染他人，這讓我想到了孔子的一句話：「其身正，不令則行；其身不正，雖令不從。」

不言的教導（「不言之教」），無為的益處（「無為之益」），這是天下很少能做得到的（「天下希及之」），但這正是現代教育追求的最高境界。行不言之教是不採用死板的說教來督促和教導，而是用實際行動潛移默化地加以引導。這與老子順其自然、清靜無為的主張是一脈相承的。

duō cáng hòu wáng

多藏厚亡

原文重現

甚愛[1]必大費[2]；多藏[3]必厚亡[4]。

《道德經》第四十四章

成語釋義

1. 甚愛／過分貪戀。
2. 費／耗費、耗損。
3. 藏／貯藏，積蓄。
4. 亡／慘重的損失。

指積聚很多財物而不能周濟別人，引起眾人的怨恨，往往會招致重大損失。

道老師答疑

凡事都要有個度，否則，就會物極必反。你看，一個人「愛名」「多藏」都無可非議，但過分貪戀名聲必定要付出重大的代價（「甚愛必大費」）；過多積斂財富必定會招致慘重的損失（「多藏必厚亡」）。所以現在很多人富裕以後，常做慈善事業，回報社會。

原文重現

故知足不辱，知止不殆，可以長久。

《道德經》第四十四章

成語釋義

這個成語的意思指知道滿足就不會受到羞辱，知道適可而止就不會招致危險。多用於勸人不要貪得無厭。

道老師答疑

知足不辱、富在知足，和知足常樂、知止不殆的意思很相似。

老子知足的主張在《道德經》的很多章節中都有體現，老子藉此反復告誡人們，不要和他人、命運、時局等一爭高下。老子認為，所以知道滿足就不會受到屈辱（「故知足不辱」），知道適可而止就不會招致危險（「知止不殆」），這樣才可以保持長久（「可以長久」）。如果一個人毫無止境地貪求自己想得到的東西，有時可能會招來殺身之禍。

小練習，做一做！

學習了本單元的幾個成語，你知道它們的意思嗎？瞭解它們的用法嗎？
下面有一些小練習，來試試看吧！

A. 請根據前面學到的成語意思，把正確的成語答案填寫在空格內。

1. 知道滿足就不會受到羞辱，知道適可而止就不會招致危險。多用於勸人不要貪得無厭。(　　　　　　　　　)
2. 用行動去實際地教育、感染和影響他人。(　　　　　　)
3. 積聚很多財物而不能周濟別人，引起眾人的怨恨，往往會招致重大損失。(　　　　　　)
4. 原想有所獲益，結果反受損害，形容事與願違。(　　　　　　)

B. 選擇適合題目語境的正確成語，填在空格內。

1. 家長包攬所有家務，孩子連內衣、襪子都不用洗。家長希望孩子把所有時間都用來學習，考上好大學，沒想到(　　　　　　)，孩子缺乏基本的生活能力，無法獨立生活，根本沒法上大學。
2. 張良為劉邦建立西漢王朝立下了汗馬功勞，可他深知(　　　　　　　　　)的道理，毅然放棄相位，雲遊四方。
3. 老師和家長(　　　　　　)的力量比說教更能影響孩子。
4. 現代的一些企業家深知(　　　　　　)的道理，所以把大量的錢財用於公益事業。

第十三單元

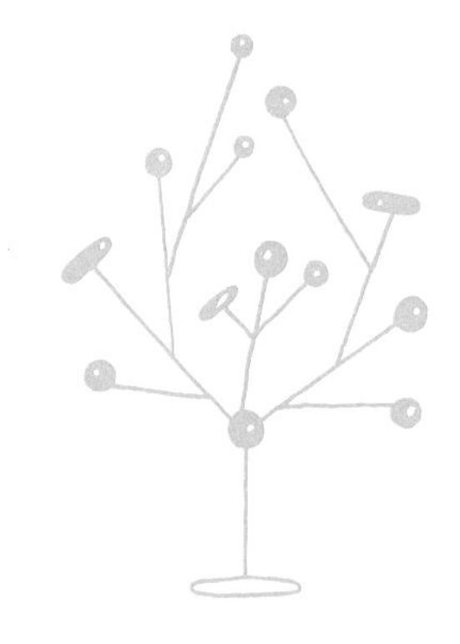

經典小知識

林語堂先生曾說：老子最邪惡的「老猾」哲學卻產生了和平、寬容、簡樸和知足的最高理想，這似乎是矛盾的現象。這種教訓包括愚者的智慧，隱者的利益，柔弱者的力量和真正熟識世故者的簡樸。中國和平主義的根源就是情願忍受暫時的失敗，靜候時機，相信在天地萬物的體系中，在大自然依動力和反動力的規律而運行的情勢之下，沒有一個人能永遠佔着便宜，也沒有一個人始終做「傻瓜」。

dà zhí ruò qū dà qiǎo ruò zhuō
大直若屈，大巧若拙，
dà biàn ruò nè
大辯若訥

原文重現

大直[1]若屈，大巧若拙[2]，大辯若訥[3]。

《道德經》第四十五章

成語釋義

1. 直／正直。
2. 拙／笨拙。
3. 訥／不善言辭，說話遲鈍。

最正直的人表面上好像很枉屈；最靈巧的人表面上好像很笨拙；最善辯的人表面上好像很不善言辭。它們都是說做人不能過於外露，而要注重含藏內斂。

道老師答疑

老子說，最正直的人表面上好像很枉屈（「大直若屈」）；最靈巧的人表面上好像很笨拙（「大巧若拙」）；最善辯的人表面上好像很不善言辭（「大辯若訥」）。其實，這是老子對心目中最完美的人格的描繪，它不是外在的鋒芒畢露，而是內在生命的含藏內斂。

這樣的人有着堅韌不拔的性格，以及以奇制勝、以靜制動、以暗處明的大智慧。老子對完美人格的界定體現了他「守柔處弱」的思想。一個人如果有不為他人矚目的外表，外界對他的期待值便會降低，但是在關鍵時刻，他們的表現卻超出了外界對他的期待。這樣的人在無備中表現出有備，因此它比積極、有備更具優勢，更能保護自己。

zhī zú cháng lè
知足常樂

原文重現

禍莫大於不知足；咎[1] 莫大於欲得[2]。故知足之足，常足矣。

《道德經》第四十六章

1. 咎 /jiù，罪過。
2. 欲得 / 貪得無厭。

成語釋義

這個成語的意思是，知道滿足就會經常感到快樂。

道老師答疑

知足常樂這個成語是要告誡我們，在生活享受方面不要有過高的要求，否則會增加身心負擔。這和「多藏厚亡」意思相近。禍患沒有比不知滿足更大的了（「禍莫大於不知足」）；罪過沒有比貪得無厭更大的了（「咎莫大於欲得」）。所以懂得滿足的這種滿足，將是永遠的滿足（「故知足之足，常足矣」）

但是在學習和生活中，不應故步自封、滿足現狀。只有不斷突破自我、力求上進，才能取得更大的進步。「孔子登東山而小魯，登泰山而小天下。」如果你滿足於登上東山，看到的將是有限的魯地，怎能像登上泰山之巔那樣把天下盡收眼底呢？歷史上也有很多不知滿足的人，比如韋編三絕的孔子、讀書破萬卷的杜甫，正是由於他們對知識的不知足，才為我們留下了寶貴的精神財富。所以，知足與不知足要看具體場合，不能一概而論。

xiù cai bù chū mén
秀才不出門，
quán zhī tiān xià shì
全知天下事

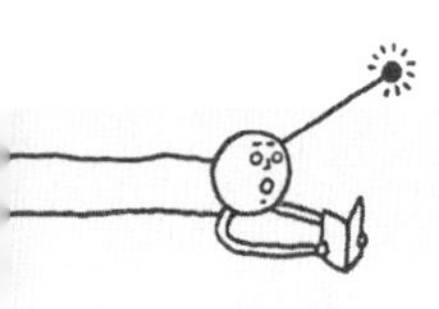

原文重現

不出戶[1]，知天下；不窺牖[2]，見天道[3]。

《道德經》第四十七章

1. 戶／門。
2. 牖／yǒu，窗戶。
3. 天道／泛指自然規律。

成語釋義

這個俗語與老子《道德經》的內容很相似，舊時認為有才學的人即使待在家裏，也能知道天下的事情。

道老師答疑

「秀才不出門，全知天下事」這個成語用在今天最合適不過了。網絡資訊如此發達，不出門的確可獲取來自世界各地的最新信息。但是這個成語在古時候是強調人要多讀書，才能掌握事態的變化和規律。老子說：不出大門，能夠推知天下事理（「不出戶，知天下」）；不望窗外，可以瞭解自然規律（「不窺牖，見天道」）。這句話運用了誇張的修辭手法強調讀書的重要性。但由於通過書本得來的間接經驗是他人在實踐中總結出來的，所以要真正理解它，並把它變成切實掌握的知識，就必須與實踐緊密結合起來。

sǔn zhī yòu sǔn

損之又損

原文重現

為學[1]日益，為道[2]日損。損之又損，以至於無為，無為而無不為。

《道德經》第四十八章

1. 為學 / 探求外界萬事萬物的知識活動。
2. 為道 / 通過冥想或體驗來領悟道。

成語釋義

這個成語本義為不斷減去華偽而歸於純樸無為。後指人要加強自我克制，保持謙虛、不驕不躁的態度。

道老師答疑

求學一天比一天增加（知識）（「為學日益」），求道一天比一天減少（智巧）（「為道日損」）。一減再減（「損之又損」），一直到「無為」的境地（「以至於無為」），如能無為，那就沒有甚麼事是做不成的（「無為而無不為」）。這裏的損之又損是說求道之人的私慾雜念越來越少了。

老子之所以強調求道，是因為很多求學的人追求的是「外在」的經驗知識。他認為這種知識掌握得越多，私慾妄見越層出不窮。而求道之人通過對生活的直觀體驗，把握了事物發展的本真狀態，內心回歸虛靜。他們不斷祛除私慾妄見，日漸返璞歸真，最終達到「無為」的境地。

小練習，做一做！

學習了本單元的幾個成語，你知道它們的意思嗎？瞭解它們的用法嗎？
下面有一些小練習，來試試看吧！

A. 請根據前面學到的成語意思，把正確的成語答案填寫在空格內。

1. 最正直的人表面上好像很枉屈；最靈巧的人表面上好像很笨拙；最善辯的人表面上好像很不善言辭。(　　　　　)(　　　　　)(　　　　　)
2. 知道滿足就會經常感到快樂。(　　　　　)
3. 舊時認為有才學的人即使待在家裏，也能知道天下的事情。(　　　　　)
4. 本義為不斷減去華偽而歸於純樸無為。後指人要加強自我克制，保持謙虛、不驕不躁的態度。(　　　　　)

B. 選擇適合題目語境的正確成語，填在空格內。

1. 他表面上看起來好像很笨拙，可沒想到這些問題都是他來解決的，他真是（　　　　　）啊！
2. 求道要將慾望、情感等一點點減損掉，(　　　　　)，直至無為。
3. 網絡時代的到來，使人們足不出戶就能知曉天下大事，這正是（　　　　　　　　）的境界。
4. 她不懂（　　　　　）的道理，對擁有的一切永遠不知滿足。

C. 以下的成語，皆有一處或者幾處錯別字，請在空格內改正。

1. 大直若曲　　(　　　　　)
2. 大辨若納　　(　　　　　)
3. 知足長樂　　(　　　　　)

第十四單元

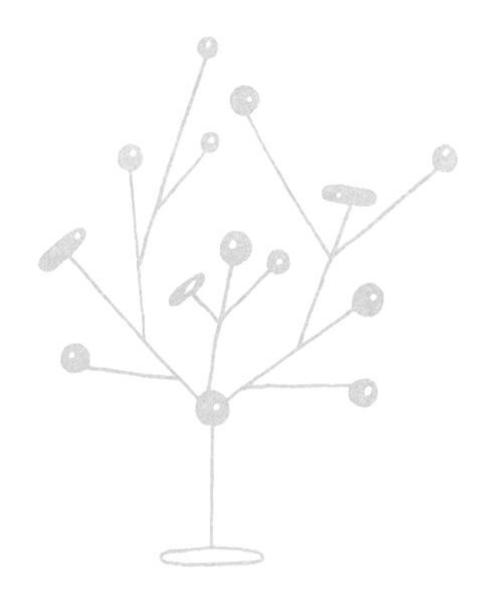

經典小知識

著名學者季羨林曾說：「談到舉世聞名的《道德經》五千言，雖然到現在已經有了很多的註釋，但沒有人敢說他真能懂。無論誰讀了這書，都覺得似乎懂了一點，但認真說起來，依然是仁者見仁，智者見智。老子彷佛是一面鏡子，人們都喜歡來照一照。一照之下，在鏡子裏發現的不是老子的而是自己的影子。然而人們高興了，覺得已經捉到了老子的真相，走開了。」

chū shēng rù sǐ

出生入死

原文重現

出生入死。生之徒[1]，十有三[2]；死之徒[3]，十有三；人之生，動之於死地，亦十有三。

《道德經》第五十章

1. 徒 / 類、屬。生之徒指代那些屬於長壽的人。
2. 十有三 / 十分之三。
3. 死之徒 / 屬於夭折的人。

成語釋義

「出生入死」的原意是從出生到死去。後形容冒着生命危險，不顧個人安危。

道老師答疑

「出生入死」在老子這裏指的是從出生到死亡的自然過程。老子說，人出世為生，入地為死（「出生入死」）。屬於長壽的，有十分之三（「生之徒，十有三」）；屬於短命的，有十分之三（「死之徒，十有三」）；人過分奉養生命，因妄為而走向死路的，也有十分之三（「人之生，動之於死地，亦十有三」）。

按照老子所言，有十分之三的人天生長壽，有十分之三的人天生短命，還有十分之三的人本來可以長壽，卻因為過度養生而糟蹋了生命，剩下的十分之一的人善於保養身體，能做到少私寡慾，過着順應自然、清靜無為的生活，所以他們的生命不會受到威脅。

wéi ér bú shì

為而不恃

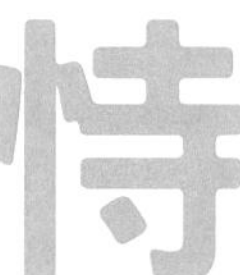

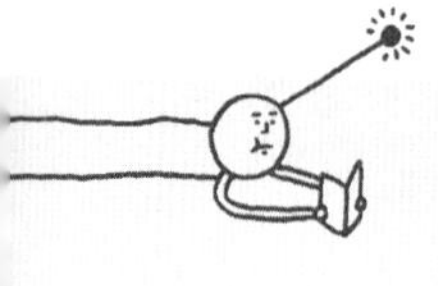

原文重現

生而不有[1]，為而不恃[2]，
長而不宰[3]，是謂玄德。

《道德經》第五十一章

成語釋義

1. 有／據為己有。
2. 恃／仗恃，自恃。
3. 宰／主宰。

「為而不恃」這個成語指的是有所施為，但不自認為有功。

道老師答疑

老子說，生長萬物而不據為己有（「生而不有」），撫育萬物而不自恃有功（「為而不恃」），長養萬物而不為主宰（「長而不宰」），這就是「玄德」（「是謂玄德」）。這段話描繪了老子心目中理想的有為者形象：他們嚴於律己、遵道而行，懂得自然規律，心境靜定，注重道德修養。

chì zǐ zhī xīn
赤子之心

原文重現

含德之厚[1]，比於赤子[2]。

《道德經》第五十五章

1. 厚／深厚。
2. 赤子／初生的嬰兒。

成語釋義

「赤子之心」這個成語比喻人心地純潔善良，就像初生的孩子一樣。

道老師答疑

老子說，含德深厚的人（「含德之厚」），好比初生的嬰兒（「比於赤子」）。也就是說，具有深厚的道德修養的人才擁有赤子之心，他們質樸、純真、率直、善良、生命力旺盛。我們只有擺脫物慾的支配、涵養德行、回歸本真，才能達到這樣的境界。

chū qí zhì shèng

出奇制勝

原文重現

以正[1]治國，以奇[2]用兵，以無事取天下[3]。

《道德經》第五十七章

成語釋義

1. 正／無為、清靜之道。
2. 奇／奇巧詭異，隨機應變。
3. 取天下／治理天下。

「出奇制勝」這個成語比喻在戰爭中用奇兵或奇計取得勝利。後泛指用別人意料不到的方法獲得成功。

道老師答疑

孫子在《孫子兵法》中說：「三軍之眾，可使受敵而無敗者，奇正是也。……凡戰者，以正合，以奇勝。」，《道德經》不是兵書，但其中有關於軍事方面的內容。老子主張以無為、清靜之道治理國家（「以正治國」），以奇巧、詭秘的方法用兵（「以奇用兵」），以不攪擾人民的方式來治理天下（「以無事取天下」）。戰爭是國家無法正常運轉時不得已而採取的下下策，老子不得不提出自己的見解。

小練習，做一做！

學習了本單元的幾個成語，你知道它們的意思嗎？瞭解它們的用法嗎？
下面有一些小練習，來試試看吧！

A. 請根據前面學到的成語意思，把正確的成語答案填寫在空格內。

1. 有所施為，但不自認為有功。(　　　　　　)
2. 比喻人心地純潔善良。(　　　　　　)
3. 原意是從出生到死去。後形容冒着生命危險，不顧個人安危。(　　　　　　)
4. 在戰爭中用奇兵或奇計取得勝利。後泛指用別人意料不到的方法獲得成功。(　　　　　　)

B. 選擇適合題目語境的正確成語，填在空格內。

1. 孔明用兵如神，屢次運用（　　　　　　）的策略，達到以寡擊眾的戰果。
2. 在戰爭年代，我們的士兵（　　　　　　），保衛國家和人民。
3. 老華僑把他的畢生積蓄捐獻給祖國，充分體現了他身為炎黃子孫的一片（　　　　　　）。

C. 以下的成語，皆有一處或者幾處錯別字，請在空格內改正。

1. 出身入死　（　　　　　　）
2. 為而不持　（　　　　　　）
3. 出其制勝　（　　　　　　）

第十五單元

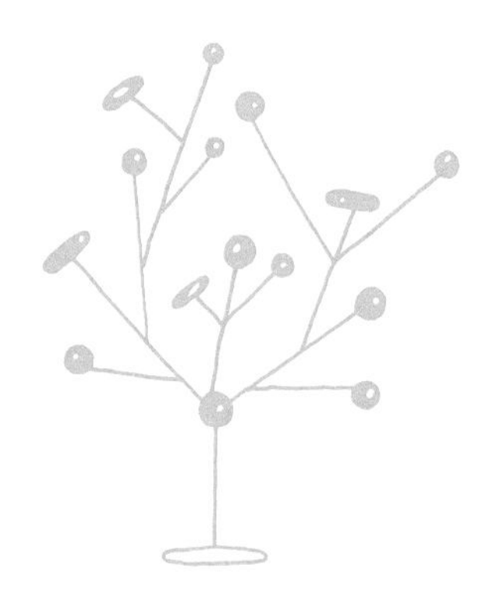

經典小知識

日本學者盧川芳郎曾說：「《道德經》這本書洋洋五千言，是完全沒有固有名詞的，是用警句和格言來編輯的，但它採取了對偶和韻文的文體，而其內容表現則採取了巧妙表意的逆說法。《道德經》有一種魅力，它給在世俗世界壓迫下疲憊的人們一種神奇的力量。」

huò fú xiāng yǐ

禍福相倚

原文重現

禍兮，福之所倚[1]；
福兮，禍之所伏[2]。

《道德經》第五十八章

1. 倚 / 倚靠。
2. 伏 / 伏、藏伏。

成語釋義

「禍福相倚」這個成語指福與禍相互依存，相互轉化。

道老師答疑

這句話的意思是，災禍啊，幸福倚傍在它裏面（「禍兮，福之所倚」）；幸福啊，災禍藏伏在它裏面（「福兮，禍之所伏」）。老子告誡我們任何時候都要保持清醒和冷靜的頭腦，不能忘乎所以，自足自滿，要做到居安思危，處變不驚，遇難不懼，聞過則喜。順利時，要想到還會遇到困難，預先做好準備；不順利的時候，要看到希望，克服困難去爭取勝利。

原文重現

有國[1]之母[2]，可以長久。是謂深根固柢[3]，長生久視[4]之道。

《道德經》第五十九章

1. 有國／保國。
2. 母／根本、原則。
3. 柢／dǐ，樹根。
4. 久視／久立。

成語釋義

「根深蒂固」這個成語比喻基礎穩固，不可動搖。

「長生久視」指的是長久維持，長久存在。後用來形容人生命長久。

道老師答疑

根深蒂固這個成語在今天常指某些陋習或落後觀念基礎穩固，不易動搖。在《道德經》中，老子說，掌握了治理國家的根本之道（「有國之母」），（國家）就可以長久維持（「可以長久」）。這便是根深蒂固、長生久視的道理（「是謂深根固柢，長生久視之道」）。所以，根深蒂固在此處是針對治國而言的。在今天，「根深蒂固」其實也有積極意義。比如賢能之士道德高尚，他們的真善美深植於他們的內心，不易動搖，他們將自己的德行與大道融合，成就更多利國利民的事業。

長生久視還可以用來形容人生命長久，以及用來形容人精神不衰。長生久視既是現實生命的長久，也是精神的永恆。這種永恆要以德為載體，方可流芳百世。

ruò pēng xiǎo xiān
若烹小鮮

原文重現

治大國若烹小鮮[1]。以道蒞[2]天下，其鬼不神。

《道德經》第六十章

1. 小鮮 / 小魚。
2. 蒞 /lì，臨。

成語釋義

治理國家應當像煮小魚一樣順其自然，無為而治。

道老師答疑

「烹小鮮」指的就是烹調小魚，小魚很鮮嫩，如果在鍋裏頻頻攪動，魚肉就碎了。老子說：治理大國，好像煮小魚（「治大國若烹小鮮」）。用道治理天下（「以道蒞天下」），鬼神起不了作用（「其鬼不神」）。也就是說，為政者治理國家時應當做到清靜無為，不擾民害民。這就像煮魚一樣，不要過多施為（攪動）。

小練習，做一做！

學習了本單元的幾個成語，你知道它們的意思嗎？瞭解它們的用法嗎？
下面有一些小練習，來試試看吧！

A. 請根據前面學到的成語意思，把正確的成語答案填寫在空格內。

1. 長久維持，長久存在。後用來形容人生命長久。
   （　　　　　）
2. 比喻基礎穩固，不可動搖。（　　　　　）
3. 治理國家應當像煮小魚一樣順其自然，無為而治。
   （　　　　　）
4. 福與禍相互依存，相互轉化。（　　　　　）

B. 選擇適合題目語境的正確成語，填在空格內。

1. 對孩子的要求提得太多，會阻礙他們自主發展，治大國尚且（　　　　　），何況對孩子呢？順其自然、稍加引導才是正道。
2. 彭祖深諳（　　　　　）之道，成為我國的長壽始祖。
3. 想要建造一個現代化的社會，就要破除那些（　　　　　）的錯誤觀念。
4. 買彩票中獎掙一大筆錢未必是好事，（　　　　　）的道理古今皆通。

C. 以下的成語，皆有一處或者幾處錯別字，請在空格內改正。

1. 根深底固　（　　　　　）
2. 長生久事　（　　　　　）
3. 治大國若亨小鮮　（　　　　　）

第十六單元

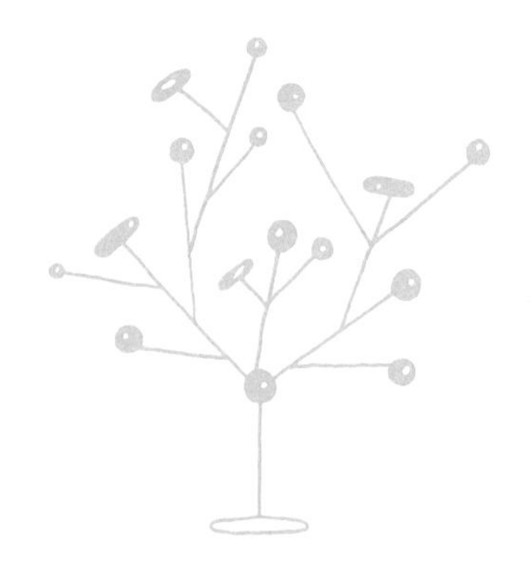

經典小知識

美國學者威爾・杜蘭在《世界文明史》中說：「老子是孔子前最偉大的哲學家……《道德經》出自何人的手筆，倒是次要的問題，最重要的乃是它所蘊含的思想，在思想史中，它的確可稱得上是最迷人的一部奇書……或許，除了《道德經》外，我們將要焚毀所有的書籍，而在《道德經》中尋得智慧的摘要。」

gè dé qí suǒ
各得其所

原文重現

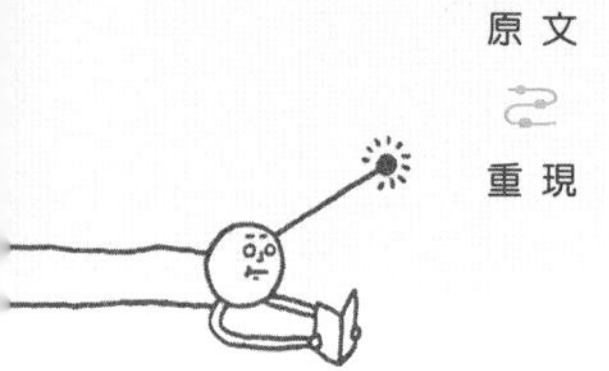

大邦不過欲兼畜人[1]，小邦不過欲入事人[2]。夫兩者各得所欲，大者宜為下[3]。

《道德經》第六十一章

1. 兼畜人／把人聚在一起加以養護，此處指大國聚養小國。
2. 入事人／侍奉別人，此處指小國侍奉大國以求得庇佑。
3. 下／謙下。

成語釋義

「各得其所」指各自得到所需要的東西。後指每個人或事物都得到適當的安置。

道老師答疑

老子用各得其所告訴我們，大國的目的不過是要聚養小國（「大邦不過欲兼畜人」），小國的目的不過是要順從大國以求得庇佑（「小邦不過欲入事人」）。大國小國都可以達成願望（「夫兩者各得所欲」），大國尤其應該謙下忍讓（「大者宜為下」）。只有這樣才能相互依靠，各有所得。

大國就像現在高大威猛、孔武有力、富有強勢的人。而小國就像現在貧窮困苦、悲觀喪氣的人。強勢之人如果以欺負弱小為樂，就會被諸多弱小聯合起來打倒。強勢之人要擁有大海一樣的胸懷，扶弱助微，對他們謙恭禮讓，這樣就能得到他們的支持和擁護。正所謂水可載舟，亦可覆舟，治國和做人都要謹記這個道理。

měi xíng jiā rén
美行加人

原文重現

美言可以市[1]，尊行可以加人[2]。

《道德經》第六十二章

1. 市／交易行為。
2. 加人／對人施加影響。

成語釋義

「美行加人」指美好的行為可以得到人們的重視。

道老師答疑

老子說，嘉美的言辭可以用於社交（「美言可以市」），可貴的行為可以被人重視（「尊行可以加人」）。我們發散下思維，可以聯想到劉備三顧茅廬的故事，他禮賢下士、尊重人才的行為令人佩服。一個人高貴與否，不在於他是否擁有財富與權勢地位，而在於他是否具備謙和的道德品質，對周圍的人是否能做到一視同仁。

yǐ　dé　bào　yuàn

以德報怨

原文重現

大小多少，報怨以德。

《道德經》第六十三章

成語釋義

「以德報怨」指的是不記別人的怨仇，而以恩德相報。

道老師答疑

歷史上有很多以德報怨的佳話。秦漢時期，功成名就的韓信沒有殺掉當年讓他受胯下之辱的青年，使這人感激涕零，願意終生為他效勞；三國鼎立時期，孟獲的叛亂嚴重危害了蜀國的穩定，諸葛亮南征時卻對孟獲七擒七縱，最後使桀驁不馴的孟獲心悅誠服，甘心歸附蜀漢……但有的人不讚同這樣的觀點，他們認為以牙還牙、以惡制惡是最好的方法。但以牙還牙、以惡制惡不能化解怨仇，反而會令怨恨越積越多。老子說，大生於小，多起於少（「大小多少」），用德來報答怨恨（「報怨以德」），這樣，人與人之間才會減少矛盾，社會才會更加和諧。歷史上智者的容人肚量和仁者的博大胸懷，讓我們看到真善美的瑰麗動人。孔子就說過這樣的話：「何以報德？以直報怨，以德報德。」大意是，要怎樣來報答恩德呢？應該用正直來報答怨恨，用恩德來報答恩德。

原文重現

圖難於其易，為大於其細；天下難事，必作於易，天下大事，必作於細。

《道德經》第六十三章

成語釋義

「天下大事，必作於細」，指的是天下大事必定從細微處做起。

道老師答疑

處理困難要從容易的入手（「圖難於其易」），實現遠大（志向）要從細微處入手（「為大於其細」）；天下的難事，必定從容易的做起（「天下難事，必作於易」），天下的大事，必定從細微處做起（「天下大事，必作於細」）。小與大，並沒有不可逾越的鴻溝。用現在的話說就是細節決定成敗。我們既要有遠大的理想，又要有從小事做起的習慣，這樣才能取得成功。

小練習，做一做！

學習了本單元的幾個成語，你知道它們的意思嗎？瞭解它們的用法嗎？
下面有一些小練習，來試試看吧！

A. 請根據前面學到的成語意思，把正確的成語答案填寫在空格內。

1. 天下大事必定從細微處做起。(　　　　　　)
2. 不記別人的怨仇，而以恩德相報。(　　　　　　)
3. 美好的行為可以讓人重視。(　　　　　　)
4. 各自得到所需要的東西。後指每個人或事物都得到適當的安置。(　　　　　　)

B. 選擇適合題目語境的正確成語，填在空格內。

1. (　　　　　　)，想成就大業，必須從眼前小事做起。
2. 奶奶經常說：「做好人不吃虧，善有善報，惡有惡報。」我時刻謹記奶奶的話，果然，(　　　　　　)，我得到了很多人的尊敬。
3. 中國民眾在日本戰敗投降後，無條件地收留並撫養日本遺孤，和平遣返日本戰俘，顯示了(　　　　　　)的情懷。
4. 老師很善於發揚每個同學的長處，大家(　　　　　　)。

第十七單元

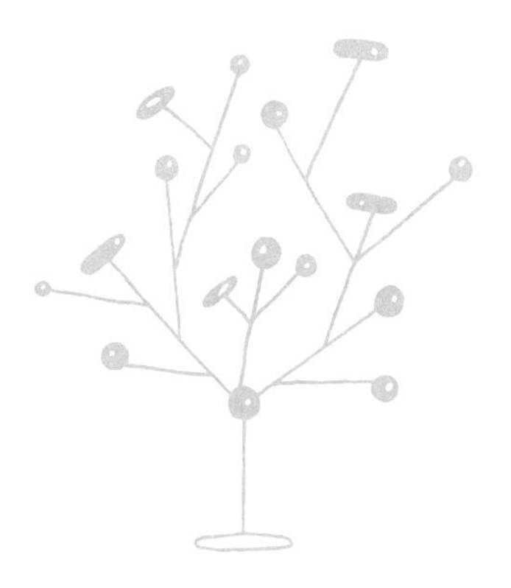

經典小知識

美國學者麥克・哈特在《影響人類歷史進程的100名人排行榜》中這樣評價《道德經》:「在中國浩如煙海的書籍中，在國外被最廣泛翻譯和閱讀的一本書要算是在兩千多年前寫成的《老子》，也叫《道德經》，該書是道家的經典之作。」「這本書篇幅很短，中文不到六千字，但其思想內涵卻是極其豐富的。在西方，《道德經》至少有四十種譯本。」

qīng nuò guǎ xìn

輕諾寡信

原文重現

夫輕諾[1]必寡信，多易必多難。是以聖人猶難之，故終無難矣。

《道德經》第六十三章

1. 輕諾／輕易允諾。

成語釋義

這個成語指的是，輕易答應別人的要求的人，很少能守信用。

道老師答疑

誠信是中華民族的傳統美德，老子也一再強調誠信的重要性。老子說，輕易作出許諾的人一定會失信（「夫輕諾必寡信」），把事情看得太容易一定會遭遇更多困難（「多易必多難」）。所以聖人總把問題看得很艱難（「是以聖人猶難之」），因此最終解決時就沒有困難（「故終無難矣」）。老子把那些輕易向別人許下諾言的人與聖人相比較，告訴我們不要貪圖大貢獻，處理問題時要量力而行，答應別人的就一定要做到。

原文重現

> 合抱之木，生於毫末[1]；九層之台，起於累土[2]；千里之行，始於足下。
>
> 《道德經》第六十四章

1. 毫末／細小的萌芽。
2. 累土／一堆土。

成語釋義

這個成語指的是，行千里遠的路程，須從邁第一步開始。比喻要實現遠大的目標，須從小處逐步做起。

道老師答疑

老子這段話蘊含着深刻的哲理：合抱的大樹（「合抱之木」），是從細小的萌芽生長起來的（「生於毫末」）；九層的高台（「九層之台」），是從一筐筐泥土累積起來的（「起於累土」）；千里的遠行（「千里之行」），是從腳下一步步走出來的（「始於足下」）。

其實我國古代還有類似的表述，比如《管子．形勢解》中的「海不辭水，故能成其大；山不辭土石，故能成其高」，荀子《勸學》中的「不積跬步，無以至千里；不積小流，無以成江海」……

shèn zhōng rú shǐ

慎終如始

民之從事，常於幾[1]成而敗之。
慎終如始，則無敗事。

《道德經》第六十四章

原文重現

1. 幾／幾乎，接近。

成語釋義

這個成語指的是，謹慎地對待結束，如開始一樣。指做事從始至終都謹慎不懈。

道老師答疑

常聽說「好的開頭是成功的一半」，開頭固然重要，但一般人做事（「民之從事」），總是在快要成功時失敗（「常於幾成而敗之」）。審慎面對事情的終結，一如開始時那樣慎重（「慎終如始」），那就不會失敗（「則無敗事」）。老子告訴我們做事要堅持不懈、持之以恆，而且不管事情做到哪一階段，都要保持剛開始時的那份熱情和慎重，這樣才能保證事情順利完成。

儉故能廣
jiǎn gù néng guǎng

原文重現

慈故能勇；儉故能廣；
不敢為天下先，故能成器[1]長[2]。

《道德經》第六十七章

1. 器／萬物。
2. 器長／萬物的首長。

成語釋義

「儉故能廣」這個成語指的是，平日裏勤儉節省，所以才能夠富裕。

道老師答疑

老子說，慈愛所以能勇武（「慈故能勇」）；節儉所以能厚廣（「儉故能廣」）；不敢居於天下人的前面（「不敢為天下先」），所以能成為萬物的首長（「故能成器長」）。

節儉是一種難能可貴的美德。《朱子家訓》中有這樣一句話：「一粥一飯，當思來之不易；半絲半縷，恆念物力維艱。」它告訴我們要養成勤儉節約的美德，不要鋪張浪費。切莫看輕日常微小的事物，生活中積攢下來的些微財富，聚集起來會產生難以估量的能量。

小練習，做一做！

學習了本單元的幾個成語，你知道它們的意思嗎？瞭解它們的用法嗎？
下面有一些小練習，來試試看吧！

A. 請根據前面學到的成語意思，把正確的成語答案填寫在空格內。

1. 謹慎地對待結束，如開始一樣。指做事從始至終都謹慎不懈。(　　　　　　)
2. 平日裏勤儉節省，所以才能夠富裕。(　　　　　　)
3. 行千里遠的路程，須從邁第一步開始。比喻要實現遠大的目標，須從小處逐步做起。(　　　　　　)
4. 輕易答應別人要求的人，很少能守信用。(　　　　　　)

B. 選擇適合題目語境的正確成語，填在空格內。

1. 老張之所以能夠白手起家，是因為他深刻地懂得(　　　　　　)的道理，他創業的第一桶金便是他通過省吃儉用攢下來的。
2. 小李向來一言九鼎，一旦許諾，便一定會兌現，從不(　　　　　　)。
3. (　　　　　　)，所以不要嫌棄做小事，大事是從小事做起，不要嫌棄走得慢，走得慢比不走要好。
4. 老師經常告訴我們做事要(　　　　　　)，不要虎頭蛇尾。

第十八單元

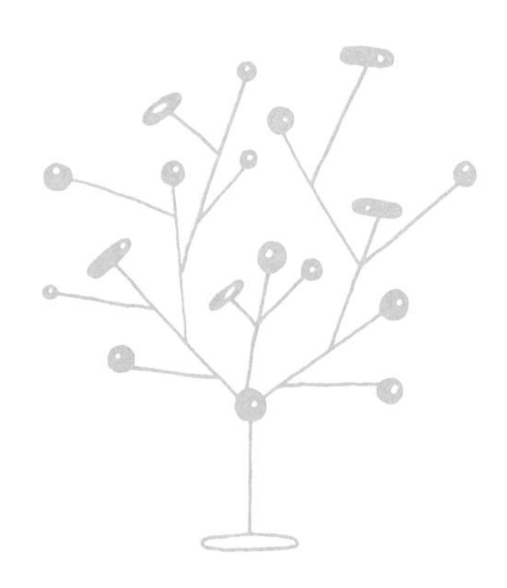

經典小知識

前蘇聯著名漢學家李謝維奇說：「老子是國際的，是屬於全人類的。」俄國漢學家海奧基耶夫斯基說：「古代哲學家老子的學說，是中國一切哲學發展的出發點，所有其他中國哲學家的體系，都是在《道德經》哲學體系的各個部分的基礎上發展起來的。」

jìn cùn tuì chǐ

進寸退尺

原文重現

用兵有言：「吾不敢為主[1]，而為客[2]；不敢進寸，而退尺。」

《道德經》第六十九章

1. 為主 / 進犯，採取攻勢。
2. 為客 / 採取守勢，不得已而應敵。

成語釋義

這個成語指的是，前進一寸，後退一尺。後用來比喻所失多於所得，進步小而退步大。

道老師答疑

「進寸退尺」的意思是所失多於所得，它和「得寸進尺」是一對反義詞。在《道德經》中，進寸退尺表達的是老子的反戰思想。老子說，用兵的人曾說（「用兵有言」）：「我不敢採取攻勢（「吾不敢為主」），而採取守勢（「而為客」）；不敢前進一寸（「不敢進寸」），而要後退一尺（「而退尺」）。」老子主張採取被動守勢，不侵略，無意於爭端肇（zhào）事。從軍事學的角度，他談了以退為進的方針，他認為戰爭應以守為主，以守而取勝，同時這也表明了處世哲學中的退守、居下原則。

āi bīng bì shèng
哀兵必勝

原文重現

禍莫大於輕敵，輕敵幾喪吾寶。
故抗兵相若[1]，哀者勝矣。

《道德經》第六十九章

1. 抗兵相若 / 兩軍實力相當。

成語釋義

指受壓迫而悲憤地奮起反抗的軍隊一定能勝利。常用以鼓勵處於劣勢的一方要建立必勝的信心和勇氣。

道老師答疑

「哀」有悲更有憤，這種情緒會激發人的勇氣、力量，反而會取得意想不到的效果。不過「哀」在老子這段話中卻不是悲憤的意思。老子說，禍患沒有再比輕敵更大的了（「禍莫大於輕敵」），輕敵幾乎喪失了我的「三寶」（「輕敵幾喪吾寶」）。所以兩軍實力相當的時候（「故抗兵相若」），慈悲的一方會取得勝利（「哀者勝矣」）。可見，在這裏「哀」意為慈悲。老子認為，慈悲的一方不會發起戰爭，捲入戰爭是被迫無奈的，在忍無可忍的情況下，他們必定會全力反抗，上下一心，同仇敵愾，所以「哀者勝矣」。老子在這一章闡揚哀慈，以明「不爭」之德。

pī hè huái yù
被褐懷玉

原文重現

知我者希[1]，則[2]我者貴[3]。
是以聖人被褐[4]懷玉。

《道德經》第七十章

1. 希 / 通「稀」，稀少。
2. 則 / 取法，效法。
3. 貴 / 難得。
4. 被褐 / 穿着粗布衣服。

成語釋義

穿着粗布衣服，懷中卻揣着寶玉。比喻有才華而深藏不露。

道老師答疑

老子這句話的意思是，瞭解我的人很少（「知我者希」），取法我的人就更難得了（「則我者貴」）。因此有道的聖人穿着粗布衣服，懷裏揣着美玉（「是以聖人被褐懷玉」）。

越是優秀的思想，往往越是難以讓人理解，甚至被人曲解、誤解。就像老子一樣，他的文字固然簡樸，道理固然單純，內涵卻很豐富，猶如粗布衣服裏面藏着美玉。儘管老子對自己的理論充滿信心，但面對現實無可奈何。悲劇產生的原因不在他自己。人可以保證自己有蓋世的才華，但他無力保證能夠被當權者所重用，能夠被同時代的人所認可。

tiān wǎng huī huī
天網恢恢，
shū ér bú lòu
疏而不漏

原文重現

天之道[1]，不爭而善勝，不言而善應，不召而自來，繟然[2]而善謀。天網恢恢[3]，疏而不失[4]。

《道德經》第七十三章

1. 天之道 / 自然規律。
2. 繟然 / 繟，chǎn；繟然指的是坦然，安然，寬舒的態度。
3. 恢恢 / 廣大。
4. 失 / 漏失。

成語釋義

天道像個廣大的網，看上去似乎稀疏寬鬆，但絕不會漏掉一個壞人。比喻作惡者逃不脫應得的懲罰。

道老師答疑

「天網恢恢，疏而不漏」 這個成語一般用來形容作惡者難逃懲罰，終會遭到報應。但是，在《道德經》中，這個成語的意思和現在的意思不大一樣。

老子以為，無論幹甚麼事情都要按照自然規律來，自然的規律（「天之道」），是不爭鬥而善於取勝（「不爭而善勝」），不言語而善於回應（「不言而善應」），不召喚而自動到來（「不召而自來」），態度安然而善於籌謀（「繟然而善謀」）。自然的範圍寬廣無邊，寬疏而不會有一點漏失（「天網恢恢，疏而不失」）。

小練習，做一做！

學習了本單元的幾個成語，你知道它們的意思嗎？瞭解它們的用法嗎？
下面有一些小練習，來試試看吧！

A. 請根據前面學到的成語意思，把正確的成語答案填寫在空格內。

1. 受壓迫而悲憤地奮起反抗的軍隊一定能勝利。常用以鼓勵處於劣勢的一方要建立必勝的信心和勇氣。（　　　　　）
2. 穿着粗布衣服，懷中卻揣着寶玉。比喻有才華而深藏不露。（　　　　　）
3. 前進一寸，後退一尺。後用來比喻所失多於所得，進步小而退步大。（　　　　　）
4. 天道像個廣大的網，看上去似乎稀疏，但絕不會漏掉一個壞人。比喻作惡者逃不脫應得的懲罰。（　　　　　）

B. 選擇適合題目語境的正確成語，填在空格內。

1. （　　　　　），警察只用了兩個小時就抓住了持槍在逃的犯人。
2. 有一點才學便自吹自擂的人遭人唾棄，（　　　　　）的人才受人尊敬。
3. 在最後的決戰中，十五萬同盟軍以（　　　　　）的姿態對十倍於己的敵人發動了捨生忘死的衝擊，僅一次衝鋒就消滅了對方的主力。

C. 以下的成語，皆有一處或者幾處錯別字，請在空格內改正。

1. 被（bèi）褐懷玉　（　　　　　）
2. 天網灰灰　（　　　　　）

第十九單元

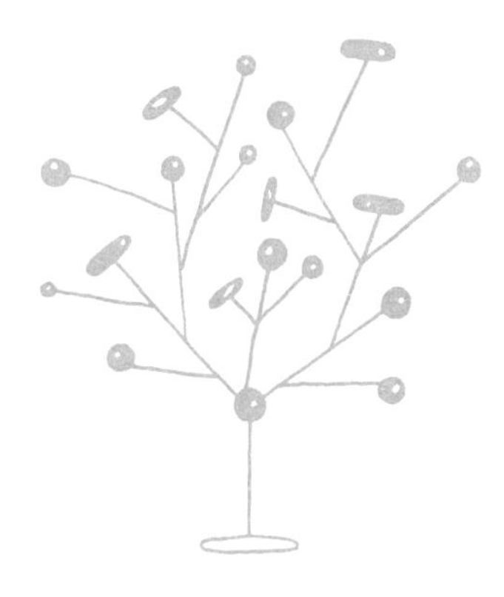

經典小知識

俄國大文豪托爾斯泰從老子的《道德經》中學到了做人的道理，他曾在日記中寫道：「做人應該像老子所說的如水一般。沒有障礙，它向前流去；遇到堤壩，停下來；堤壩出了缺口，再向前流去。容器是方的，它成為方形；容器是圓的，它成為圓形。因此它比一切都重要，比一切都強。」

mín bú wèi sǐ
民不畏死

原文重現

民不畏死，奈何以死懼之？若使民常畏死，而為奇[1]者，吾得執[2]而殺之，孰敢？

《道德經》第七十四章

1. 奇／為邪作惡的行為。
2. 執／拘押，捉拿。

成語釋義

「民不畏死」，指人民不畏懼死亡。形容不怕死的氣概。

道老師答疑

老子說，人民不畏懼死亡（「民不畏死」），為甚麼用死亡來恐嚇他們呢（「奈何以死懼之」）？因為在殘暴的統治下百姓生不如死，既然隨時可能是死，倒不如冒着生命危險去保護生命。老子在後文中進一步說明了人民是不怕死的，如果使人民真的畏懼死亡（「若使民常畏死」），對於為邪作惡的人（「而為奇者」），我們就可以把他抓起來殺掉（「吾得執而殺之」），誰還敢為非作歹（「孰敢」）？老子告訴為政者要實行仁政，善於聽取百姓的意見。這句話是老子對於當時嚴刑苛政迫使百姓走向死亡的批判。

sǔn yǒu yú bǔ bù zú
損有餘補不足

原文重現

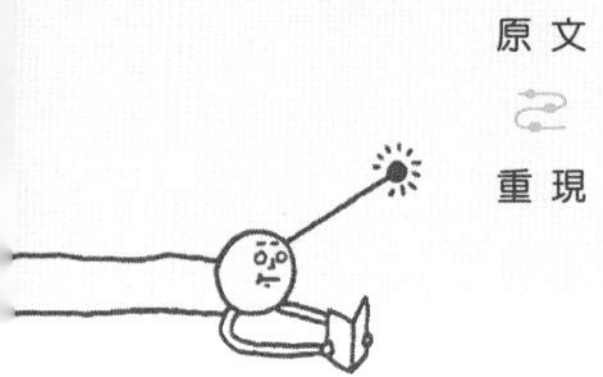

天之道，其猶[1]張弓與？高者抑[2]之，下者舉之；有餘者損之，不足者補之。天之道，損有餘而補不足。人之道[3]，則不然，損不足以奉有餘。

《道德經》第七十七章

1. 猶／如同，像。
2. 抑／壓低。
3. 人之道／社會的一般法則。

成語釋義

「損有餘補不足」，指減損多餘的，補充不足的。

道老師答疑

老子說：自然的規律（「天之道」），不就像拉開弓弦一樣嗎（「其猶張弓與」）？弦位高了就把它壓低（「高者抑下」），弦位低了就把它升高（「下者舉之」）；有餘的加以減損（「有餘者損之」），不足的加以補充（「不足者補之」）。自然的規律（「天之道」），減少有餘以補充不足（「損有餘而補不足」）。人世間的一般法則（「人之道」），就不是這樣（「則不然」），剝奪不足來供養有餘的人（「損不足以奉有餘」）。

這一段話表達了老子平等與均衡的社會思想。當時社會貧富差距越來越懸殊，這種「損不足以奉有餘」的人之道讓老子深感失望，所以他提出了「損有餘補不足」的「天之道」，即減少有餘的補給不足的。

yǐ róu kè gāng
以柔克剛

天下莫柔弱於水，而攻堅強者莫之能勝，以其無以易[1]之。弱之勝強，柔之勝剛，天下莫不知，莫能行。

《道德經》第七十八章

原文

重現

1. 易／替代，取代。

成語
釋義

「以柔克剛」，這個成語指的是避開鋒芒，用緩和、彈性的方式去戰勝剛強的對手。

道老師答疑

以柔克剛、以弱勝強、以小勝大，其實說的是一種智慧，其中包含了一種堅忍不拔的內在品質。世間沒有比水更柔弱的（「天下莫柔弱於水」），而攻堅克強沒有甚麼東西可以勝過水（「而攻堅強者莫之能勝」），因為沒有甚麼可以代替它（「以其無以易之」）。弱勝過強（「弱之勝強」），柔勝過剛（「柔之勝剛」），天下沒有人不知道（「天下莫不知」），但是沒有人能實行（「莫能行」）。我們處理複雜的問題時，可以採用以柔克剛的方法，不要一味地硬碰硬，有時候用迂迴、彈性的策略更加有效。

tiān dào wú qīn
天道無親

原文重現

有德司契[1]，無德司徹[2]。
天道無親[3]，常與善人。

《道德經》第七十九章

1. 司契 /qì，掌握契據。
2. 司徹 / 掌管稅收。
3. 無親 / 沒有偏愛。

成語釋義

「天道無親」這個成語指的是天道公正，不偏不倚。

道老師答疑

老子說：有德之人就像持有借據的聖人那樣寬容（「有德司契」），無德之人就像掌管稅收的人那樣刁詐苛刻（「無德司徹」）。自然規律（對任何人都）沒有偏愛（「天道無親」），永遠幫助有德的善人（「常與善人」）。上天對待每個人都是公正的，我們應該懷善心，行善事，不斷提升自己的道德修養。

小練習，做一做！

學習了本單元的幾個成語，你知道它們的意思嗎？瞭解它們的用法嗎？
下面有一些小練習，來試試看吧！

A. 請根據前面學到的成語意思，把正確的成語答案填寫在空格內。

1. 減損多餘的，補充不足的。(　　　　　　)
2. 天道公正，不偏不倚。(　　　　　　)
3. 人民不畏懼死亡。形容不怕死的氣概。(　　　　　　)
4. 避開鋒芒，用柔和、彈性的方式去戰勝剛強的對手。
(　　　　　　)

B. 選擇適合題目語境的正確成語，填在空格內。

1. 慈善家資助貧困山區的兒童，便是一種(　　　　　　)的行為。
2. (　　　　　　)，何以懼之？統治者的暴政終會被民眾推翻的。
3. (　　　　　　)，上帝在關上一扇門時，一定會為你打開一扇窗。
4. 你別看他那麼兇，你只要溫柔地對待他，就能(　　　　　　)，他一定會聽你的勸告。

第二十單元

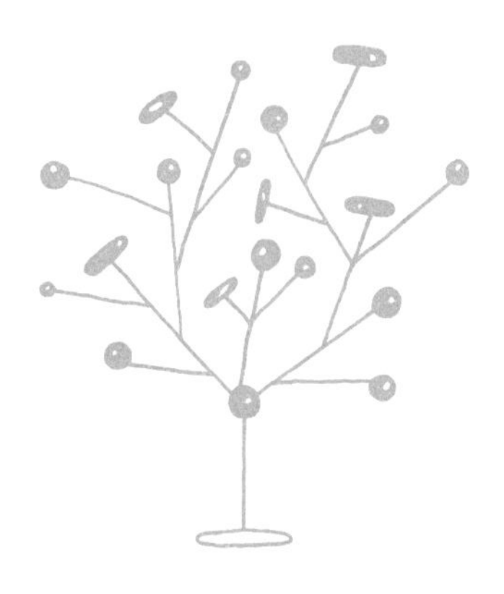

經典小知識

德國哲學家尼采曾稱讚老子的《道德經》：「像一個永不枯竭的井泉，滿載寶藏，放下汲桶，唾手可得。」

xiǎo guó guǎ mín 小國寡民

原文重現

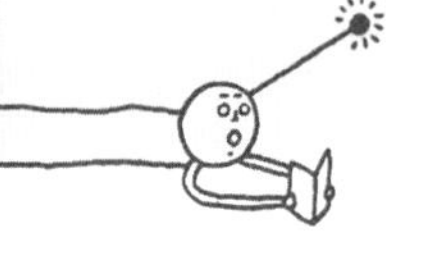

小國寡民。使有什伯之器[1]而不用；使民重死[2]而不遠徙[3]。

《道德經》第八十章

1. 什伯之器／什伯，shí bǎi。各種各樣的器具。
2. 重死／重視死亡。
3. 徙／xǐ，遷徙、遷移。

成語釋義

這個成語指的是國家小，人民少。後常用作謙辭。也指不大的地區，不多的居民。

道老師答疑

老子說，國土狹小而人民稀少（「小國寡民」）。即使有各種各樣的器具也不使用（「使有什伯之器而不用」）；統治者使人民重視死亡而不向遠方遷徙（「使民重死而不遠徙」）。小國寡民其實是老子描繪的理想社會。

老子生活在動盪不堪的春秋時代，那時諸侯之間不斷掀起戰爭，生靈塗炭，人民的生命財產受到極大的損害。與此同時，統治者驕奢淫逸，生活糜爛，殘酷地壓榨人民的血汗，百姓備受煎熬。老子面對時弊思考着救國救民的良策，在老子看來，人類社會的發展也應該遵循「道」的規律。原始社會，聖人無為而治，民風淳樸，百姓無私無慾，紛爭不起。到了老子生活的時代，君主大頒政令，人們爭名逐利，戰亂不已。所以，他提出小國寡民的理想社會模式，藉此吐露「反對戰爭、渴求和平」的心聲。

ān jū lè yè
安居樂業

原文重現

甘其食，美其服，安其居，樂其俗。

《道德經》第八十章

成語釋義

這個成語指的是安定地生活，快樂地工作。形容生活、生產、思想狀況安定正常。

道老師答疑

太平盛世的標誌就是（人民）吃的東西好，吃得香甜（「甘其食」），衣服穿得漂亮（「美其服」），住得安適（「安其居」），日子過得幸福快樂（「樂其俗」）。老子對當時的社會現狀不滿，於是在當時的農村生活基礎上構築了一個「桃花源」式的烏托邦。在那裏，沒有戰亂，沒有苛捐雜稅，人民淳樸善良，自給自足，自得其樂。

lǎo sǐ bù xiāng wǎng lái

老死不相往來

原文重現

鄰國相望，雞犬之聲相聞，
民至老死，不相往來。

《道德經》第八十章

成語釋義

這個成語原形容自給自足、不與外界來往的生活。後形容彼此隔絕，互不聯繫。

道老師答疑

「雞犬之聲相聞，老死不相往來」這句話中，還有一個成語「雞犬相聞」。這個詞和「老死不相往來」經常連用。可是，「老死不相往來」的本義和今天的意思卻大不相同。我們現在說這個詞，常常帶有貶義，或是諷刺那些故步自封、孤芳自賞的人，或者是人之間感情冷漠或存在矛盾，從此不再來往。

老子的意思是：鄰國之間可以互相看得見（「鄰國相望」），雞鳴狗吠的聲音可以互相聽得見（「雞犬之聲相聞」），人民從生到死，互相不往來（「民至老死，不相往來」）。在古代，不僅道家有他們的理想社會，儒家也有他們的理想社會，不如我們來比較一下吧！

měi yán bú xìn
美言不信

原文重現

信言[1] 不美，美言[2] 不信。

《道德經》第八十一章

1. 信言 / 真話，肺腑之言。
2. 美言 / 華美的言辭。

成語釋義

這個成語形容華美的話語、文章，內容往往不真實。

道老師答疑

真實的言辭不華美（「信言不美」），華美的言辭不真實（「美言不信」）。此外，類似的名言還有「良藥苦口利於病，忠言逆耳利於行」，它也揭示了好聽的話不一定真實的道理。

小練習，做一做！

學習了本單元的幾個成語，你知道它們的意思嗎？瞭解它們的用法嗎？
下面有一些小練習，來試試看吧！

A. 請根據前面學到的成語意思，把正確的成語答案填寫在空格內。

1. 安定地生活，快樂地工作。形容生活、生產、思想狀況安定正常。(　　　　　　)
2. 華美的話語、文章，內容往往不真實。(　　　　　　)
3. 原形容自給自足、不與外界來往的生活。後形容彼此隔絕，互不聯繫。(　　　　　　)
4. 國家小，人民少。後常用作謙辭。(　　　　　　)

B. 選擇適合題目語境的正確成語，填在空格內。

1. 幾番爭吵之後，老王和老吳成了（　　　　　　）的冤家對頭。
2. 這裏地域面積小，人口也不多，人們和睦相處、相親相愛，簡直就是老子心目中（　　　　　　）的理想社會啊！
3. 不要輕易相信他人的花言巧語，信言不美，(　　　　　　)。
4. 村民們（　　　　　　），過着恬淡平靜、守望相助的日子。

練習答案

PART A

第一單元

A. 請根據前面學到的成語意思，把正確的成語答案填寫在空格內。

1. 順應自然，不求有所作為而使天下得到治理。（ 無為而治 ）
2. 形容立了功而不把功勞歸於自己。（ 功成不居 ）
3. 有和無既相互對立，又相互依存、相互轉化。（ 有無相生 ）
4. 隱藏了自身的鋒芒，把自己混同於世俗之人。（ 和光同塵 ）

B. 選擇適合題目語境的正確成語，填在空格內。

1. 古代有個人叫嚴光，他和劉秀一起創業，當劉秀成為皇帝時，他卻隱姓埋名，不知去向，後人稱讚他（ 功成不居 ）。
2. 漢高祖劉邦建立漢朝後，採取順應自然、（ 無為而治 ）的治國方略，為漢朝後來的興盛和強大奠定了堅實的基礎。
3. 有一個皮匠，他雖然不像鄰居銀行家那樣擁有很多財富，但他有屬於自己的快樂歌聲，後來他得到了一百枚金幣，卻整天提心吊膽，失去了往日平靜美滿的生活，這裏的有和無的變化就叫作（ 有無相生 ）。

C. 以下的成語，皆有一處或者幾處錯別字，請在空格內改正。

1. 有無相升（ 升 改為 生 ）
2. 功臣不倨（ 臣 改為 成；倨 改為 居 ）
3. 無為而知（ 知 改為 治 ）
4. 和光同曾（ 曾 改為 塵 ）

第二單元

A. 請根據前面學到的成語意思，把正確的成語答案填寫在空格內。

1. 政策法令繁多駁雜，只會加速敗亡，後比喻言多有失，多言往往會使自己陷入困境。（ 多言數窮 ）
2. 無限取用而不會使用完，形容非常豐富。（ 用之不竭 ）
3. 天地存在的時間久遠，後多用來形容時間悠久，多指感情永遠不變。（ 天長地久 ）
4. 遇事先為別人着想，然後考慮自己，即優先考慮他人利益。（ 先人後己 ）

B. 選擇適合題目語境的正確成語，填在空格內。

1. 人們都希望彼此的親情、愛情、友情能（ 天長地久 ）。
2. 書的海洋裏有取之不盡、（ 用之不竭 ）的知識。
3. 朱元璋的老朋友因為口無遮攔、說話不知分寸，差點惹禍上身。因此，我們要牢記老子的忠告：「（ 多言數窮 ），不如守中。」

C. 以下的成語，皆有一處或者幾處錯別字，請在空格內改正。

1. 多言數（shù）窮（「數」的拼音應為 sù，表迅速之意 ）
2. 先人後已（ 已 改為 己 ）

第三單元

A. 請根據前面學到的成語意思，把正確的成語答案填寫在空格內。

1. 具備最高境界的善行之人，就像水一樣澤被萬物而不爭名利。（ 上善若水 ）
2. 形容財富非常多。（ 金玉滿堂 ）
3. 事物發展到極點，必定會向相反方向轉化。（ 物極必反 ）

4. 色彩紛呈，使人眼花繚亂，看不清楚。後用來比喻事物錯綜複雜，分辨不清。（ 目迷五色 ）

B. 選擇適合題目語境的正確成語，填在空格內。

1. 關愛他人、關愛社會、關愛自然，其實就是一種「（ 上善若水 ），大愛無疆」的行為。
2. 黃色的迎春花配上白色的玉蘭花，加上象徵多子的石榴，再加上海棠樹，就有了（ 金玉滿堂 ）的寓意。
3. 李景把門面裝潢得金碧輝煌，還別出心裁地把那些光怪陸離的貨物陳列在霓（ní）虹燈下，真叫人（ 目迷五色 ），愛不釋手。
4. 教育孩子時不要給孩子太大壓力，以免（ 物極必反 ），收到相反的效果。

第四單元

A. 請根據前面學到的成語意思，把正確的成語答案填寫在空格內。

1. 受寵和受辱都感到驚慌失措，形容人患得患失。（ 寵辱若驚 ）
2. 比喻疑慮、誤會、隔閡等完全消除。（ 渙然冰釋 ）
3. 不能用語言描述出來。（ 不可名狀 ）
4. 儘管在看，卻甚麼都沒看見；儘管在聽，卻甚麼都沒聽見。形容不注意、不關心、不重視。（ 視而不見，聽而不聞 ）

B. 選擇適合題目語境的正確成語，填在空格內。

1. 誤會終究（ 渙然冰釋 ）了，大家依舊是好朋友。
2. 看到好朋友被自己的陰謀詭計擊敗後絕望的神情，他得意之中夾帶着（ 不可名狀 ）的感傷——為那段失去的友誼。
3. 如果能得到「優秀員工」的榮譽，他怕同事嫉恨；如果得不到，他又怕自己吃虧。他一直籠罩在患得患失、（ 寵辱若驚 ）的矛盾中。

4. 這個只顧自己建功立業的國王，一直對國民的呼聲（ 聽而不聞 ），對國民對他和他的統治的不滿（ 視而不見 ）。

C. 以下的成語，皆有一處或者幾處錯別字，請在空格內改正。

1. 不可明狀（ 明 改為 名 ）
2. 換然冰釋（ 換 改為 渙 ）

第五單元

A. 請根據前面學到的成語意思，把正確的成語答案填寫在空格內。

1. 取得人民的信任。（ 取信於民 ）
2. 胸懷像山谷那樣深廣，形容十分謙虛。（ 虛懷若谷 ）
3. 泛指一切生物，後多用來指世間眾多的普通人。（ 芸芸眾生 ）
4. 與親族、親戚之間的關係不好。（ 六親不和 ）

B. 選擇適合題目語境的正確成語，填在空格內。

1. 每個人都應有（ 虛懷若谷 ）的態度，遇事不固執己見。
2. 他不聽家人勸阻，一意孤行，如今已落得（ 六親不和 ）、一敗塗地的下場。
3. 雖然我只是這（ 芸芸眾生 ）中的普通一員，但我仍希望我的生命能開花結果。

C. 以下的成語，皆有一處或者幾處錯別字，請在空格內改正。

1. 虛懷若穀（ 穀 改為 谷 ）
2. 雲雲眾生（ 雲 改為 芸 ）
3. 六親不合（ 合 改為 和 ）

第六單元

A. 請根據前面學到的成語意思，把正確的成語答案填寫在空格內。

1. 拋棄聰明智巧，即拋棄自作聰明的主觀見解，廢棄機謀與巧詐，力求返璞歸真。（ 絕聖棄智 ）
2. 減少私心和慾望，指個人慾望很少。（ 少私寡慾 ）
3. 放棄世俗宣導的仁義，回復到人淳樸的本性。（ 絕仁棄義 ）
4. 保持純潔質樸的本性。（ 見素抱樸 ）

B. 選擇適合題目語境的正確成語，填在空格內。

1. （ 絕聖棄智 ）並不是要人們拋棄智慧，乃至拋棄物質和精神文明，而是讓人們返璞歸真，回歸淳樸本性。
2. 老子認為仁義是人類與生俱來的天性，不需要刻意強調。刻意強調仁義會導致偽善，仁義也會被人利用，所以他主張（ 絕仁棄義 ）。
3. 苦行僧的生活我們確實難以效仿，但（ 見素抱樸 ）、適度消費則是我們能夠做到而且應該做到的。

第七單元

A. 請根據前面學到的成語意思，把正確的成語答案填寫在空格內。

1. 踮腳而立的人難以久站，比喻不踏實工作的人站不住腳。（ 企者不立 ）
2. 來勢急速而猛烈的風雨，後用來比喻猛烈的行動或浩大的聲勢。（ 暴風驟雨 ）
3. 曲意遷就，以求保全，也指為了顧全大局而通融遷就。（ 委曲求全 ）
4. 獨與別人不同，一般指不同於世俗。（ 獨異於人 ）

B. 選擇適合題目語境的正確成語，填在空格內。

1. 大家都忙忙碌碌地追名逐利，唯有他（ 獨異於人 ），一心為百姓謀福祉，從不顧及個人得失。
2. 這棵青松經過（ 暴風驟雨 ）的洗禮，顯得更加青翠挺拔了。
3. 小明平時不努力學習，總是在考試前臨陣磨槍，雖然偶爾也能起點小作用，但（ 企者不立 ），他終因基礎不紮實，成績越來越差。

C. 以下的成語，皆有一處或者幾處錯別字，請在空格內改正。

1. 委屈求全（ 屈 改為 曲 ）
2. 起者不立（ 起 改為 企 ）

第八單元

A. 請根據前面學到的成語意思，把正確的成語答案填寫在空格內。

1. 對是非黑白雖然明白，還當保持暗昧，如無所見。（ 知白守黑 ）
2. 雖然知道怎樣可以得到榮譽，卻安於受屈辱的地位。（ 知榮守辱 ）
3. 比喻令人討厭的東西。（ 餘食贅行 ）
4. 棄剛守柔，比喻與人無爭。（ 知雄守雌 ）

B. 選擇適合題目語境的正確成語，填在空格內。

1. 一個高尚的人往往是（ 知榮守辱 ）的，他不會為了榮譽出賣自己的靈魂。
2. 在張良遇到黃石公的故事中，張良明知自己比老人身強力壯，卻安守雌柔、謙卑寬容，聽從老人的教誨，甘心為老人家服務，這就是（ 知雄守雌 ）。
3. 公孫述以帝王自居，對待慕名而來的賢才傲慢無禮。他自高自大、自誇自耀的行為正是老子所說的（ 餘食贅行 ），令人厭惡。
4.（ 知白守黑 ）的理念意在教人處世之道，是非對錯了然於心，外表卻裝作愚魯蠢鈍的樣子，對世俗之流既不讚美也不批判，沉默笑看塵世，與「大智若愚」有異曲同工之妙。

第九單元

A. 請根據前面學到的成語意思，把正確的成語答案填寫在空格內。

1. 到了適當的程度就停止，不要過頭。（ 適可而止 ）
2. 上天對人的善惡會有公正的回報，即善有善報，惡有惡報。（ 天道好還 ）
3. 指瞭解自己，對自己有正確的估計。（ 自知之明 ）
4. 原指兵革是不吉利的東西，後多用來指好用兵是不吉利的，意為反對隨意發動戰爭。（ 佳兵不祥 ）

B. 選擇適合題目語境的正確成語，填在空格內。

1. 酒可以喝，但要（ 適可而止 ），以免損害健康。
2. 善有善報，惡有惡報，（ 天道好還 ），所以我們要多做善事。
3. 因為我有（ 自知之明 ），知道自己在做甚麼，所以不會出亂子，不會失控，更不會自尋煩惱。
4. 我們中國人不喜歡戰爭，因為（ 佳兵不祥 ），但是，如果侵略者侵犯我們，我們也不會退卻。

C. 以下的成語，皆有一處或者幾處錯別字，請在空格內改正。

1. 加兵不祥（ 加 改為 佳 ）
2. 是可而止（ 是 改為 適 ）
3. 自知知明（ 第二個知 改為 之 ）

第十單元

A. 請根據前面學到的成語意思，把正確的成語答案填寫在空格內。

1. 真正的富有在於知道滿足。（ 富在知足 ）
2. 要想得到他人的東西，必得暫時先給予他人一些東西。（ 欲取姑予 ）

3. 雖然死了，但如同活着一樣。形容死得有價值、有意義。（ 雖死猶生 ）
4. 自以為了不起。（ 自高自大 ）

B. 選擇適合題目語境的正確成語，填在空格內。
1. 不斷為人類創造價值的人，即使離開這個世界，也（ 雖死猶生 ）。
2. 鄭武公想攻佔胡國，便採取（ 欲取姑予 ）的謀略，將自己的女兒嫁給了胡國國君，藉此麻痹（bì）他，令他放鬆警惕。
3. 人的一生中會遇到各種各樣的誘惑，讓我們常常在一些不必要的事情上駐足，懂得（ 富在知足 ）的道理，才能堅持不懈地向目標前進。

PART B

第十一單元

A. 請根據前面學到的成語意思，把正確的成語答案填寫在空格內。
1. 有時記在心裏，有時忘記。形容若有若無，難以捉摸。（ 若存若亡 ）
2. 比喻能擔當重任的人要經過長期的鍛煉，所以成就較晚。（ 大器晚成 ）
3. 形容本無其事，憑空捏造。（ 無中生有 ）
4. 最高妙的樂聲反而聽起來無聲無息。（ 大音希聲 ）

B. 選擇適合題目語境的正確成語，填在空格內。
1. 齊白石 27 歲正式學畫，57 歲毅然衰年變法，大膽革新繪畫風格，終於成為享譽中外的繪畫名家。他可稱得上是（ 大器晚成 ）的典範。

2. 在音樂欣賞中，我們應追求一種超越對聲音直接感知的（ 大音希聲 ）的境界，即無聲勝有聲的境界。
3. 說話要以事實為根據，萬不可信口開河，（ 無中生有 ）。
4. 離家五十年後重返故鄉，童年的記憶（ 若存若亡 ），好像已經模糊了，但它們仍深藏在內心深處，不曾遺忘。

第十二單元

A. 請根據前面學到的成語意思，把正確的成語答案填寫在空格內。

1. 知道滿足就不會受到羞辱，知道適可而止就不會招致危險。多用於勸人不要貪得無厭。（ 知足不辱，知止不殆 ）
2. 用行動去實際地教育、感染和影響他人。（ 不言之教 ）
3. 積聚很多財物而不能周濟別人，引起眾人的怨恨，往往會招致重大損失。（ 多藏厚亡 ）
4. 原想有所獲益，結果反受損害，形容事與願違。（ 欲益反損 ）

B. 選擇適合題目語境的正確成語，填在空格內。

1. 家長包攬所有家務，孩子連內衣、襪子都不用洗。家長希望孩子把所有時間都用來學習，考上好大學，沒想到（ 欲益反損 ），孩子缺乏基本的生活能力，無法獨立生活，根本沒法上大學。
2. 張良為劉邦建立西漢王朝立下了汗馬功勞，可他深知（ 知足不辱，知止不殆 ）的道理，毅然放棄相位，雲遊四方。
3. 老師和家長（ 不言之教 ）的力量比說教更能影響孩子。
4. 現代的一些企業家深知（ 多藏厚亡 ）的道理，所以把大量的錢財用於公益事業。

第十三單元

A. 請根據前面學到的成語意思，把正確的成語答案填寫在空格內。

1. 最正直的人表面上好像很枉屈；最靈巧的人表面上好像很笨拙；最善辯的人表面上好像很不善言辭。（ 大直若屈，大巧若拙，大辯若訥 ）
2. 知道滿足就會經常感到快樂。（ 知足常樂 ）
3. 舊時認為有才學的人即使待在家裏，也能知道天下的事情。（ 秀才不出門，全知天下事 ）
4. 本義為不斷減去華偽而歸於純樸無為。後指人要加強自我克制，保持謙虛、不驕不躁的態度。（ 損之又損 ）

B. 選擇適合題目語境的正確成語，填在空格內。

1. 他表面上看起來好像很笨拙，可沒想到這些問題都是他來解決的，他真是（ 大巧若拙 ）啊！
2. 求道要將慾望、情感等一點點減損掉，（ 損之又損 ），直至無為。
3. 網絡時代的到來，使人們足不出戶就能知曉天下大事，這正是（ 秀才不出門，全知天下事 ）的境界。
4. 她不懂（ 知足常樂 ）的道理，對擁有的一切永遠不知滿足。

C. 以下的成語，皆有一處或者幾處錯別字，請在空格內改正。

1. 大直若曲（ 曲 改為 屈 ）
2. 大辨若納（ 辨 改為 辯；納 改為 訥 ）
3. 知足長樂（ 長 改為 常 ）

第十四單元

A. 請根據前面學到的成語意思，把正確的成語答案填寫在空格內。

1. 有所施為，但不自認為有功。（ 為而不恃 ）

2. 比喻人心地純潔善良。（ 赤子之心 ）
3. 原意是從出生到死去。後形容冒着生命危險，不顧個人安危。（ 出生入死 ）
4. 在戰爭中用奇兵或奇計取得勝利。後泛指用別人意料不到的方法獲得成功。（ 出奇制勝 ）

B. 選擇適合題目語境的正確成語，填在空格內。

1. 孔明用兵如神，屢次運用（ 出奇制勝 ）的策略，達到以寡擊眾的戰果。
2. 在戰爭年代，我們的士兵（ 出生入死 ），保衛國家和人民。
3. 老華僑把他的畢生積蓄捐獻給祖國，充分體現了他身為炎黃子孫的一片（ 赤子之心 ）。

C. 以下的成語，皆有一處或者幾處錯別字，請在空格內改正。

1. 出身入死（ 身 改為 生 ）
2. 為而不持（ 持 改為 恃 ）
3. 出其制勝（ 其 改為 奇 ）

第十五單元

A. 請根據前面學到的成語意思，把正確的成語答案填寫在空格內。

1. 長久維持，長久存在。後用來形容人生命長久。（ 長生久視 ）
2. 比喻基礎穩固，不可動搖。（ 根深蒂固 ）
3. 治理國家應當像煮小魚一樣順其自然，無為而治。（ 若烹小鮮 ）
4. 福與禍相互依存，相互轉化。（ 禍福相倚 ）

B. 選擇適合題目語境的正確成語，填在空格內。

1. 對孩子的要求提得太多，會阻礙他們自主發展，治大國尚且（ 若烹小鮮 ），何況對孩子呢？順其自然、稍加引導才是正道。

2. 彭祖深諳（ 長生久視 ）之道，成為我國的長壽始祖。
3. 想要建造一個現代化的社會，就要破除那些（ 根深蒂固 ）的錯誤觀念。
4. 買彩票中獎掙一大筆錢未必是好事，（ 禍福相倚 ）的道理古今皆通。

C. 以下的成語，皆有一處或者幾處錯別字，請在空格內改正。

1. 根深底固（ 底 改為 蒂 ）
2. 長生久事（ 事 改為 視 ）
3. 治大國若亨小鮮（ 亨 改為 烹 ）

第十六單元

A. 請根據前面學到的成語意思，把正確的成語答案填寫在空格內。

1. 天下大事必定從細微處做起。（ 天下大事，必作於細 ）
2. 不記別人的怨仇，而以恩德相報。（ 以德報怨 ）
3. 美好的行為可以讓人重視。（ 美行加人 ）
4. 各自得到所需要的東西。後指每個人或事物都得到適當的安置。（ 各得其所 ）

B. 選擇適合題目語境的正確成語，填在空格內。

1. （ 天下大事，必作於細 ），想成就大業，必須從眼前小事做起。
2. 奶奶經常說：「做好人不吃虧，善有善報，惡有惡報。」我時刻謹記奶奶的話，果然，（ 美行加人 ），我得到了很多人的尊敬。
3. 中國民眾在日本戰敗投降後，無條件地收留並撫養日本遺孤，和平遣返日本戰俘，顯示了（ 以德報怨 ）的情懷。
4. 老師很善於發揚每個同學的長處，大家（ 各得其所 ）。

第十七單元

A. 請根據前面學到的成語意思，把正確的成語答案填寫在空格內。

1. 謹慎地對待結束，如開始一樣。指做事從始至終都謹慎不懈。（ 慎終如始 ）
2. 平日裏勤儉節省，所以才能夠富裕。（ 儉故能廣 ）
3. 行千里遠的路程，須從邁第一步開始。比喻要實現遠大的目標，須從小處逐步做起。（ 千里之行，始於足下 ）
4. 輕易答應別人要求的人，很少能守信用。（ 輕諾寡信 ）

B. 選擇適合題目語境的正確成語，填在空格內。

1. 老張之所以能夠白手起家，是因為他深刻地懂得（ 儉故能廣 ）的道理，他創業的第一桶金便是他通過省吃儉用攢下來的。
2. 小李向來一言九鼎，一旦許諾，便一定會兌現，從不（ 輕諾寡信 ）。
3. （ 千里之行，始於足下 ），所以不要嫌棄做小事，大事是從小事做起，不要嫌棄走得慢，走得慢比不走要好。
4. 老師經常告訴我們做事要（ 慎終如始 ），不要虎頭蛇尾。

第十八單元

A. 請根據前面學到的成語意思，把正確的成語答案填寫在空格內。

1. 受壓迫而悲憤地奮起反抗的軍隊一定能勝利。常用以鼓勵處於劣勢的一方要建立必勝的信心和勇氣。（ 哀兵必勝 ）
2. 穿着粗布衣服，懷中卻揣着寶玉。比喻有才華而深藏不露。（ 被褐懷玉 ）
3. 前進一寸，後退一尺。後用來比喻所失多於所得，進步小而退步大。（ 進寸退尺 ）
4. 天道像個廣大的網，看上去似乎稀疏，但絕不會漏掉一個壞人。比喻作惡者逃不脫應得的懲罰。（ 天網恢恢，疏而不漏 ）

B. 選擇適合題目語境的正確成語，填在空格內。

1.（ 天網恢恢，疏而不漏 ），警察只用了兩個小時就抓住了持槍在逃的犯人。
2. 有一點才學便自吹自擂的人遭人唾棄，（ 被褐懷玉 ）的人才受人尊敬。
3. 在最後的決戰中，十五萬同盟軍以（ 哀兵必勝 ）的姿態對十倍於己的敵人發動了捨生忘死的衝擊，僅一次衝鋒就消滅了對方的主力。

C. 以下的成語，皆有一處或者幾處錯別字，請在空格內改正。

1. 被（bèi）褐懷玉（ 在此「被」的讀音應當同「披」（pī））
2. 天網灰灰（ 灰 改為 恢 ）

第十九單元

A. 請根據前面學到的成語意思，把正確的成語答案填寫在空格內。

1. 減損多餘的，補充不足的。（ 損有餘補不足 ）
2. 天道公正，不偏不倚。（ 天道無親 ）
3. 人民不畏懼死亡。形容不怕死的氣概。（ 民不畏死 ）
4. 避開鋒芒，用柔和、彈性的方式去戰勝剛強的對手。（ 以柔克剛 ）

B. 選擇適合題目語境的正確成語，填在空格內。

1. 慈善家資助貧困山區的兒童，便是一種（ 損有餘補不足 ）的行為。
2.（ 民不畏死 ），何以懼之？統治者的暴政終會被民眾推翻的。
3.（ 天道無親 ），上天在關上一扇門時，一定會為你打開一扇窗。
4. 你別看他那麼兇，你只要溫柔地對待他，就能（ 以柔克剛 ），他一定會聽你的勸告。

第二十單元

A. 請根據前面學到的成語意思，把正確的成語答案填寫在空格內。

1. 安定地生活，快樂地工作。形容生活、生產、思想狀況安定正常。（安居樂業）
2. 華美的話語、文章，內容往往不真實。（美言不信）
3. 原形容自給自足、不與外界來往的生活。後形容彼此隔絕，互不聯繫。（老死不相往來）
4. 國家小，人民少。後常用作謙辭。（小國寡民）

B. 選擇適合題目語境的正確成語，填在空格內。

1. 幾番爭吵之後，老王和老吳成了（老死不相往來）的冤家對頭。
2. 這裏地域面積小，人口也不多，人們和睦相處、相親相愛，簡直就是老子心目中（小國寡民）的理想社會啊！
3. 不要輕易相信他人的花言巧語，信言不美，（美言不信）。
4. 村民們（安居樂業），過着恬淡平靜、守望相助的日子。

讀經典　學古文　系列 1

《老子》講成語

主編　張建超、趙飛燕、韓興娥

責任編輯　楊　歌
裝幀設計　綠色人
排　　版　楊舜君
印　　務　劉漢舉

出版
中華教育
香港北角英皇道 499 號北角工業大廈 1 樓 B
電話：(852) 2137 2338 傳真：(852) 2713 8202
電子郵件：info@chunghwabook.com.hk
網址：http://www.chunghwabook.com.hk

發行
香港聯合書刊物流有限公司
香港新界大埔汀麗路 36 號中華商務印刷大廈 3 字樓
電話：(852) 2150 2100 傳真：(852) 2407 3062
電子郵件：info@suplogistics.com.hk

印刷
美雅印刷製本有限公司
香港觀塘榮業街 6 號海濱工業大廈 4 字樓 A 室

版次
2018 年 6 月第 1 版第 1 次印刷

規格
32 開 (210 mm x 150 mm)

ISBN
978-988-8512-85-0